Sophia Rey

# Der perfekte Mord

**Ein Kriminalroman
aus dem Vorgebirge**

Sophia Rey

# Der perfekte Mord

**Ein Kriminalroman
aus dem Vorgebirge**

Sophia Rey:
Der perfekte Mord
Ein Kriminalroman aus dem Vorgebirge

© 2001
Sophia Rey
Lüddigstraße 43
53332 Bornheim

Gesamtherstellung:
VMS VERLAG & MEDIENSERVICE
Eibenweg 3
53757 St. Augustin
RUF/FAX 02241 932533

Alle Rechte vorbehalten!
Gewerbliche Auswertung jeglicher Art z.B. für Rezitation, Rundfunk, Film, Fernsehen, Printmedien und andere Medien nur mit Genehmigung der Autorin gestattet!

Elisabeth Dünkel, geborene Siebenpfennig, brütete vor sich hin. Wie war das alles nur gekommen? Ach ja, sie hatte ihren Ehemann rein zufällig kennen gelernt und ihn, obwohl er eigentlich nicht ihr Traummann war, doch erhört. Alle hatten sie gewarnt. Doch wer wollte schon so etwas hören, zumal der Frust über eine verlorene Liebe noch tief saß. Außerdem war ihr Freier auch noch ein Adonis, sah gut aus, heuchelte Liebe und brachte jedes Mal eine Kleinigkeit als Geschenk mit. Eben ein ganzer Kerl und die Liebenswürdigkeit in Person. Nach der Hochzeit allerdings war es aus mit: »Ach Schatzi und Mausi...«, da wurden nach kurzer Zeit die Tiere immer größer. Der Herr Gemahl tat das, was er für richtig hielt, nämlich nach Feierabend mit den Kollegen saufen. Für das bißchen Haushalt und ihr kleines Kind, das er in der Hochzeitsnacht gezeugt hatte, war schließlich seine Frau da, wofür hatte er denn geheiratet? Und auch mit der ehelichen Treue nahm er es nicht so genau. Bloß gut, daß er sich schon kurz nach der Hochzeitsnacht sterilisieren ließ. Ein Kind reichte ihm voll und ganz. Daß sie sich noch mehr Kinder wünschte, war im völlig gleichgültig. Die Jahre gingen ins Land, und im Verlaufe von 30 Jahren Ehehölle konnte sich schon eine Menge Frust ansammeln.

Dies alles schwirrte Elisabeth durch den Kopf, als sie ihren Gemahl, der in seinem Lieblingssessel saß, beobachtete. Der stierte auf den Fernseher, und wenn er etwas sagte, dann saß der Stachel tief. Er suchte bei jeder kleinsten Kleinigkeit den Krawall, zankte und wurde beleidigend, wo er nur konnte. Als er sie undefinierbar aus seinen grün-blau-wässrigen Augen ansah, wußte sie es plötzlich. Ich muß ihn loswerden, aber auf die feine englische Art!

Seine Anwesenheit störte sie bei ihren Gedanken, und sie hätte sich auch nicht länger beherrschen können. So ging sie in ein anderes Zimmer, tat so, als würde sie dort Ordnung schaffen und setzte sich in einen gemütlichen Sessel, um ihren Plan auszubrüten. »Ich habe es«, sagte sie plötzlich laut in den Raum, »ich habe es.«

»Was hast du?« schnauzte ihr Gemahl durch die Tür, »hast du nichts anderes zu tun, als Löcher in die Luft zu starren? Geh putzen oder beschäftige dich. Wäre ja noch schöner, wenn ich auch noch den Haushalt machen müßte.«

Ja, dachte Elisabeth, wenn du das bloß mal machen würdest. Zeit genug hätte er ja als Frühpensionär. Aber er tat keinen Handschlag, zumal er sich sein Leben lang nicht um Arbeit gerissen hatte.

Bevor der nächste Ehekrach vom Zaun brechen konnte, beschwichtigte sie ihren Gemahl: »Ich habe über unseren nächsten Urlaub nachgedacht. Du hast recht, mein Lieber, die Berge sind doch am schönsten.«

»Sage ich doch«, blaffte Heribert, »wirst du auf deine alten Tage doch noch schlau. Dann ist ja noch nicht Hopfen und Malz verloren.«

In Elisabeth stieg ihre ganze aufgestaute Wut hoch. Aber sie mußte sich die nächsten Tage in der Gewalt halten, wenn es auch bei so einem Querulanten schwer fiel. Ihre Zeit würde kommen, und darauf freute sie sich wie ein Kind zu Weihnachten.

In der folgenden Nacht konnte sie nicht schlafen. Immer wieder ging sie ihren Plan bis ins kleinste Detail durch. Kein Fehler dürfte ihr unterlaufen, alles sollte perfekt sein. Sie hatte lange genug still gehalten, und nun war er reif. Die wievielte schlaflose Nacht war das eigentlich? Sie wußte es nicht mehr, sie hatte längst aufgehört, zu zählen. Ein Glück, daß ihr Göttergatte ein separates Schlafzimmer hatte.

Es war vor ungefähr zwei Jahren gewesen. Sie hatten wieder einmal einen höllischen Ehekrach gehabt. Ein Wort ergab das nächste, und sie war tobend in das Schlafzimmer gerannt, hatte das Bettzeug genommen und es in die Diele geworfen. »Heribert, du kannst mich mal. Du schläfst ab sofort im Gästezimmer und wage es nicht, mir zu drohen. Ich kann auch anders, Herr Dünkel!«

Doch Heribert hatte ganz erhaben gesagt: »Ach wie schön, dann habe ich endlich mein Reich für mich alleine, du blöde alte Zicke. Es gibt auch noch andere Frauen, die einen gestandenen Mann wie mich zu würdigen wissen.«

Elisabeth sparte sich ihren Kommentar, wußte sie es doch besser. Der Alte hatte zwar ein großes Maul, aber wenn er seinen Mann stehen soll, dann war da nichts, aber absolut nichts, was da hätte stehen können.

Gegen 5 Uhr 30 wachte sie auf. Es war ihre Zeit, der Tag begann.
Sie ging ins Bad, pflegte sich und dachte an ihre heimliche Liebe. Ach, war sie verliebt, so eine Liebe hatte sie noch nicht erlebt. Sie bekam Herzklopfen und hatte weiche Knie, als sie an diesen Mann dachte. Wann dachte sie nicht an ihn? Eigentlich immerfort, wenn nicht ausgerechnet Herr Dünkel sie dabei störte. Aber trotz ihrer Liebe dürfte sie sich bei ihrem Plan keinen Patzer erlauben, denn dann wäre es aus. Sie wollte schließlich ihre Freiheit.

Frohen Mutes machte sie ihre morgendlichen Hausarbeiten und las dann beim Frühstück die Nachrichten im Videotext. Endlich tauchte auch ihr Göttergatte auf. Wortlos ließ er sich am Frühstückstisch nieder, schlurfte seinen Kaffee, aß ein Brot, rauchte eine Zigarette und verduftete ins Bad. Als er endlich in die Gänge kam und ein Wort hervorbrachte, war es kurz vor 9 Uhr. Da genehmigte sich Elisabeth gerade ihr kleines zweites Frühstück, doch das paßte dem Herrn des Hauses nicht.

»Kannst du mir mal sagen, was du in der ganzen Zeit gemacht hast, wenn du schon so früh aufstehst? Wie oft willst du eigentlich frühstücken?«

Obwohl Elisabeth die Antwort parat hatte, wie jeden Morgen, schluckte sie sie diesmal hinunter und mimte die Sanfte.

»Ach Heribert, es ist so kalt heute morgen. Kannst du nicht den Kamin anmachen?« Sie wußte, daß er gerne am Kaminfeuer saß, doch sie wußte auch, daß nicht mehr genügend Holzvorrat da war, er aber zu bequem war, welches selbst zu hacken. Alles hatte sie eingeplant und sagte wie in Gedanken: »Du Heribert, wie wäre es: Wir ziehen uns warm an und fahren in den Wald. Da gibt es Brennholz genug. Ich helfe dir dabei, wir beladen unseren Kombi und holen unseren Vorrat.«

Da kam prompt, was sie erhofft hatte: »Mit *dir* in den Wald, ich glaube ich spinne. Nee, da fahre ich lieber selber. Ich habe keine Lust, mir dein Gekeife anzuhören.«

Das war genau das, was sie hatte hören wollen, und gekonnt spielte sie jetzt die Beleidigte: »Dann eben nicht, nimm doch eine von diesen Flittchen aus der Siedlung mit.«

Heribert strahlte und gab Kontra. »Da hast du vollkommen recht. Es gibt eben Frauen, die mir jeden Wunsch von den Augen ablesen. Ach, du weißt ja gar nicht, was du an mir hast.«

Oh doch, das wußte Elisabeth zu Genüge. Aber wenn ihr Dünkel mit so einer verheiratet wäre, wäre er mit Sicherheit schon des öfteren im Krankenhaus gelandet. Sie kannte die Frauen. Wer ließ sich schon so fertig machen und das über dreißig Jahre? Nein, keine Frau auf Erden, es sei denn, sie war hart wie Beton. Und die hätten ihn schon längst ins Jenseits befördert.

Heribert schluffte nach unten, und es dauerte keine Minute, da kam schon die nächste Freundlichkeit.

»Du blöde Kuh! Warum hast du mir nicht die Axt ins Auto gelegt? Alles muß man selber machen. Wehe, wenn du nicht nachher ein ordentliches Mittagessen auf den Tisch bringst!«

Sie schwieg, doch Heribert stachelte weiter. »Was ist, hat es dir heute die Sprache verschlagen oder bist du endlich krank? Ha, ha, das würde mich freuen.«

Sie konnte nicht anders und mußte sich Luft machen: »Mach, daß du weg kommst, alter Saftsack!« Der Kerl machte sie wahnsinnig.

»Tja, der Winter ist ja noch lang, dann erwischt es dich hoffentlich und du wirst sooo richtig krank.«

»Arschloch!« schimpfte sie, bevor sie die Türe hinter sich zuwarf und erst einmal tief durchatmete. Endlich.

Heribert kletterte behäbig in seinen Wagen und kurvte davon. Der Ort, wo er sich Brennholz besorgte, lag schön abgelegen, das wußte sie. Erst bis zum Herrenhaus Buchholz, bekannt durch seine exzellente Küche, dann auf dem Waldweg noch 500 Meter bis zu einem Parkplatz, und dann mußte er trotz Verbotsschild in den Wald. Bei dem Wetter würden keine Forstleute und damit keine ungebetenen Zeugen da sein. Der eiserne Mann war noch einige hundert Meter entfernt, aber so früh am Morgen würden sich wohl kaum Spaziergänger dorthin verirren.

Ihre Gedanken schweiften ab. Wie oft hatten sie früher dort gegrillt. In ihrer Kindheit hatte sie sich vor dem eisernen Mann gegruselt. Angeblich hatte sich vor Hunderten von Jahren ein Meteorit hier im schönen Vorgebirge häuslich niedergelassen und sich metertief in die Erde gebohrt.

Froh gelaunt begab sich Elisabeth in die Küche. Sie wollte wie immer ein schönes Mittagsgericht auf den Tisch bringen, machte sich das Radio an und sang lauthals mit. Sie dachte an ihre große Liebe, die ihr in ihrem Alter wie ein Geschenk des Himmels vorkam. Hätte sie das doch viel früher erlebt. Sie hatte Sehnsucht nach Zärtlichkeit, und wenn sie an ihn dachte, bekam sie Herzklopfen. Es raste und pochte, die Knie wurden ihr weich, sie mußte sich hinsetzen, denn das Gefühl überwältigte sie.

Dann wechselte der Sender zur Rockmusik und brachte sie in die Wirklichkeit zurück. Das Essen war so gut wie fertig, die Uhr zeigte gerade 12. Doch sie wollte noch eine halbe Stunde warten, dann würde sie sich hinsetzen und mit Ruhe ihr Mahl verzehren, wenn ...?

Doch es wurde 13 Uhr, und ihr Heribert war immer noch nicht da. Dabei war er, was Essen anbetraf, die Pünktlichkeit in Person. Elisabeth raffte sich auf und genoß ihr Mahl alleine und mit Genuß. Danach genehmigte sie sich eine Zigarette und fühlte sich immer besser. Heute war ein Freudentag und den mußte sie feiern. Während sie ihren Kaffee trank, beobachtete sie den Zeiger der Uhr. Tick, tack, machte sie bei jeder Sekunde, und die Minuten wurden zu Stunden. Es wurde Nachmittag und ihr Gemahl war immer noch nicht auf der Bildfläche erschienen.

Es wurde zu dieser Jahreszeit sehr früh dunkel, doch Elisabeth hatte Zeit. Sie wollte sich absolut sicher sein. Langsam wurde sie nervös, denn sie mußte nun die nächsten Schritte in Angriff nehmen. Sie setzte ihren Hörby, wie sie den alten VW nannte, rasant rückwärts aus der Einfahrt, grüßte einen Nachbarn, der seinen Hund Gassi führte, holte tief Luft und fuhr besonnen von Waldorf nach Bornheim zur Polizeistation. Wie es Vorschrift war, zog sie sich einen Parkschein und warf wohlweislich, denn es würde dauern, gleich ein Zweimarkstück ein. Als sie an der Pforte klingelte, ertönte eine blecherne Stimme: »Ja bitte, wer ist da, was wünschen Sie?«

Elisabeth nannte ihren Namen und den Grund ihres Erscheinens, darauf ertönte der Türsummer, und sie stand in einem Vorraum des Reviers. Ein Polizeibeamter saß am Funkempfänger und zeigte mit der Hand auf einen Stuhl. Sie solle sich setzen, gab er ihr zu verstehen, denn er hörte an seinem Empfänger aufmerksam zu, versprach, jemanden vorbei zu schicken und hatte dann endlich eine Ohr für Elisabeth.

»Also, ähm Frau ...?«
»Dünkel, Elisabeth Dünkel. Also die Sache ist die, mein lieber Mann ist seit heute morgen 10 Uhr verschwunden, und das ist gar nicht seine Art. Er ist in den Wald gefahren und wollte Brennmaterial für unseren Kamin besorgen, doch ich habe Angst, daß ihm etwas passiert sein könnte.«
»Gute Frau, machen Sie sich mal keine Sorgen, der wird schon wieder auftauchen. Er hat sicher jemanden getroffen, und sie sitzen gemütlich in einer Kneipe und wärmen sich mit ′nem Schnaps wieder auf. Sauwetter aber auch. Sie werden sehen, spätestens um Mitternacht ist er wieder da, und die ganze Aufregung war umsonst. Glauben Sie mir, ausgebüchste Ehemänner haben wir hier täglich.«
Doch Elisabeth gab keine Ruhe und spielte die besorgte Ehefrau, bis der Beamte einlenkte. »Na schön, gute Frau, schreiben wir halt eine Vermißtenanzeige. Aber bitteschön, vor morgen früh können wir da gar nichts machen. Erst wenn 24 Stunden verstrichen sind, und ihr Gemahl dann immer noch nicht aufgetaucht ist, können wir eine Suchaktion starten. Das müssen Sie verstehen, denn so mancher Einsatz entpuppt sich später als Ente.«

Nachdem alle Daten aufgenommen und das Kennzeichen von Heriberts Auto notiert war, bat der Beamte noch um ein Foto. Wohlweislich hatte sie eines in ihre Brieftasche gesteckt, und mit einigen Tränen, die sie hervorquetschte, reichte sie es ihm mit zitternden Händen.

»Junge Frau, ihr Mann wird schneller wieder auftauchen, als Sie denken, und dann haben Sie sich umsonst Sorgen gemacht. Fahren Sie nach Hause und versuchen Sie, etwas zu schlafen. Wenn Ihr Gatte aber morgen früh immer noch nicht da ist, rufen Sie hier im Revier an. Mein Kollege Steiner hat dann Dienst.«

Damit war sie entlassen, ging schwankend hinaus und hoffte nur, daß niemand ihre wahren Gedanken erriet. Guter Mann, deine Sprüche in Ehren, hoffentlich hast du Unrecht mit deinen Vermutungen. Aber wenn dieses Scheusal mich zum Narren hält und wirklich um Mitternacht besoffen ins Haus wankt und wieder seine Schimpftiraden auf mich losläßt, dann werde ich mich erschießen.

Als sie ihr Heimatdorf erreicht hatte und zügig in die Einfahrt einbog, traf sie fast der Schlag, denn im ganzen Haus brannte Licht. Dabei wußte sie genau, daß sie alle Lichter gelöscht hatte. Just in diesem Moment trat ein Nachbar heran und klopfte an ihr Autofenster: »Hallo Frau Dünkel, was ist denn passiert? Sie sehen so verstört aus, hatten Sie einen Unfall?«

Elisabeth ließ die Scheibe hinunter und stotterte: »Ach, Herr Kern, das Licht ... mein Mann ... ich habe Angst.«

»Nun mal langsam und der Reihe nach, Frau Dünkel. Kommen Sie, ich bringe Sie ins Haus, dann sehen wir weiter, ich bin ja bei Ihnen, es kann nichts passieren. Wo ist denn Ihr Mann?«

»Das ist es ja ...«, stammelte Elisabeth.

Gemeinsam betraten sie das Haus, und Elisabeth schaute sich um, doch es war nichts Verdächtiges zu sehen. Plötzlich ging das Licht ganz von alleine aus und sie schrie so laut sie konnte: »Hilfe, Einbrecher, ich wußte es.« Sie klammerte sich an Herrn Kern.

Der zündete sein Feuerzeug und leuchtete notdürftig das Wohnzimmer ab. Nichts zu sehen oder zu hören.

»Frau Dünkel, wo ist denn der Sicherungskasten?«

»Da, da, im Flur«, brachte Elisabeth zitternd heraus und zeigte mit dem Finger in die Diele.

Herr Kern leuchtete mit seinem Feuerzeug den Schaltkasten an, und wie von Geisterhand flammten plötzlich alle Lichter im ganzen Haus auf. Wieder ein Schrei von Elisabeth, ihr Nervenkostüm war im Moment sehr dünn.

»Frau Dünkel, ich habe den Übeltäter gefunden, kommen Sie und schauen Sie sich das an«, er zeigte auf eine Sicherung, die verdächtig hin und her schaukelte. »Ein Draht hatte sich gelöst und so einen Wackelkontakt verursacht.«

Elisabeth reichte ihm einen Schraubenzieher aus der Küchenschublade, und während Herr Kern den Schaden behob, fragte er nochmals: »Wo ist eigentlich Ihr Mann? Den habe ich zwar heute morgen wegfahren sehen, aber seither nicht mehr. Entschuldigen Sie meine Neugier, aber wir kennen ihn ja alle und haben immer gedacht, er sei lieber in seinen eigenen vier Wänden als irgendwo anders.«

»Ja, ja, ach nein, er ist im Wald, und ich weiß auch nicht so genau, wo er ist.« Sie holte einmal tief Luft, dann erzählte sie dem Nachbarn, daß er am Morgen in den Wald gefahren war, um ihren Holzvorrat aufzustocken, aber er bislang nicht nach Hause gekommen sei. Sogar eine Vermißtenanzeige habe sie schon aufgegeben.

»Dumme Sache«, mußte auch Herr Kern zugeben, »äußerst irritierend, Frau Dünkel, zumal der Sicherungskasten Mängel aufweist. Soviel ich von Ihrem Gatten weiß, wurde er doch erst vor einem Monat neu angebracht, weil immer die Sicherungen heraussprangen. Daß eine Sicherung so einen merkwürdigen Defekt hat, ist mir auch noch nicht untergekommen, alles etwas mysteriös.« Diesen Satz sagte er mehr zu sich selbst und schüttelte den Kopf, während er notdürftig die Sicherung reparierte. Irgend etwas tat sich hier, das spürte er genau. Nur er konnte noch nicht sagen, was es war. Er behielt seine Meinung für sich und wollte seine Nachbarin nicht noch mehr ängstigen.

»Ich durchsuche mit Ihnen gerne das Haus, wenn Sie es möchten, nur so zur Beruhigung, damit Sie keine Angst mehr haben müssen, bis Ihr Mann nach Hause kommt.«

Gemeinsam gingen sie von Zimmer zu Zimmer. Elisabeth hatte zur Sicherheit eine Taschenlampe aus dem Küchenschrank geholt, für den Fall aller Fälle. Doch als sie alle Zimmer durchsucht hatten, war da nichts. Herr Kern wunderte sich zwar über zwei getrennte Schlafzimmer, behielt seine

Gedanken aber für sich und meinte: »Frau Dünkel, es ist alles in Ordnung. Kein Dieb zu sehen, aber schauen Sie erst einmal nach, ob etwas fehlt. Könnte ja sein, daß doch jemand hier war.«

Elisabeth schaute in ihre Schubladen, wo ihr Schmuck lag. Alles da. Auch Papiere und Scheckheft waren vorhanden, obenauf ihr Sparbuch und 2.000 DM, die für Notfälle bereitlagen.

»Na, dann gehe ich jetzt. Aber wenn etwas sein sollte, schreibe ich Ihnen meine Telefonnummer auf, rufen Sie einfach an. Gute Nacht, Frau Dünkel.«

Elisabeth brachte den freundlichen Nachbarn noch bis vor die Tür. »Gute Nacht und danke für alles«, dann drehte sie sich um und wollte ins Haus. Doch als sie die offene Garagentür sah, fuhr ihr der Schreck in die Glieder. Hatte sie oder hatte sie nicht? Doch, sie hatte, das wußte sie mit hundertprozentiger Sicherheit. Sie hatte die Tür zugemacht und abgeschlossen, nun stand sie sperrangelweit offen.

Fluchtartig rannte sie ins Haus, schloß zweimal hinter sich ab und schnappte sich eine Decke. Sie wollte geradewegs zum Sofa gehen, aber was auf dem Telefonschrank lag, irritierte sie aufs Neue. Langsam aber sicher hatte sie das Gefühl, Wahnsinnig zu werden. Wie kam die Visitenkarte von Gerold Häusel, ihrer großen Liebe, neben das Telefon? Sie hatte das Kärtchen sorgfältig in ihrer Handtasche aufbewahrt, und nun lag diese verräterische Karte da? Ach, sie wußte überhaupt nichts mehr und hatte nur noch panische Angst.

Verschreckt kuschelte sie sich in die äußerste Ecke des Sofas, wickelte sich die Decke um und lauschte auf jedes Geräusch. Mal knackte es in der Diele oder im Schlafzimmer, dann war wieder Ruhe.

Sie zitterte am ganzen Körper und harrte die ganze Nacht, ohne sich von der Stelle zu rühren. Es wurde 2 Uhr und ihr Heribert war immer noch nicht da. Sie versuchte krampfhaft wach zu bleiben, doch irgendwann mußte sie doch eingeschlafen sein, denn plötzlich drangen Geräusche von draußen herein. Sie horchte zitternd und wußte plötzlich, was sie so erschreckt hatte. Die Nachbarn fuhren zur Arbeit. Sie hörte deutlich die Türen der Autos zuknallen. Nun endlich traute sie sich ins Bad, machte aber nur eine Katzenwäsche, denn unter der Dusche hätte sie die Angst umgebracht. Im Geiste sah sie Heribert da stehen, ein Beil in der Hand, und Summ, saust es auf sie hinab.

Sie braute sich einen Kaffee, rauchte eine Zigarette nach der anderen und sah sich immer wieder um. Auf der Straße wurde es lebhafter, Kinder gingen zur Schule und lachten. Endlich fiel die Angst von ihr ab. Sie dachte an Gerold und fühlte sich einen Augenblick wie im siebten Himmel. Was mochte er jetzt wohl tun, war er schon unterwegs oder stand er gerade unter der Dusche?

Dann drängte sich ihr Heribert ins Gedächtnis. Sie wollte ja noch die Polizei anrufen. Oder sie fuhr gleich selbst zum Revier nach Bornheim.

Dann konnte sie auch zur Bank nebenan gehen. Sie hatte zwar eine eiserne Reserve, doch für's Einkaufen hob sie lieber das Geld ab, das sie benötigte. Gerade wollte sie ihr Sparbuch aus der Schublade nehmen, als sie stutzig wurde. Nanu, da fehlt doch was. Unter dem Scheckheft lag doch immer Heriberts Sparbuch. Sie wühlte die ganze Lade durch, doch das Sparbuch war weg. Einbrecher, war ihr erster Gedanke, doch dann bekam sie panische Angst. Heribert schoß es ihr durch den Kopf, aber das konnte nicht sein. In diesem Wirrwarr der Gefühle klingelte es.

Sie rannte zur Tür, ihr Herz klopfte rasend, Schweißperlen standen auf ihrer Stirn. Sie mußte sich am Türrahmen festhalten, als sie öffnete.

»Frau Dünkel, guten Morgen, entschuldigen Sie die frühe Störung, Kommissar Steiner, Polizei Bornheim«, dabei hielt er ihr den Ausweis unter die schweißbedeckte Nase.

»Ja«, stotterte sie verwirrt, »was ist denn?«

»Dürfen wir erst einmal hineinkommen? Sie haben doch gestern eine Vermißtenanzeige aufgegeben, und deshalb hätten wir uns gerne mit Ihnen unterhalten, aber nicht hier an der Tür.«

Jetzt erst bemerkte Elisabeth einen weiteren Herrn. Er stand hinter seinem Kollegen, drehte verlegen seine Mütze in der Hand und schaute sie nicht an.

»Bitte, die Herren«, bemühte sie sich so ruhig wie möglich zu sagen, »kommen sie herein.«

Mein Gott, dachte sie, gib mir die Kraft, dies

durchzustehen. Sie bat die Herren ins Wohnzimmer, bemühte sich um Haltung und bot ihnen an, sich zu setzen.

»Möchten Sie Kaffee?«

Doch die beiden Kommissare wollten so schnell wie möglich ihre Last loswerden und schüttelten die Köpfe.

Kommissar Steiner nahm sich ein Herz. »Frau Dünkel, leider haben wir keine guten Nachrichten für Sie. Wollen Sie sich nicht lieber setzen?«

Doch Elisabeth schüttelte den Kopf und dachte, lieber stehend umfallen als vom Sofa. Dann habe ich wenigstens eine Beule und mein Hirn wird klar.

»Ihr Mann ist seit gestern vermißt gemeldet, und mein Kollege sagte Ihnen ja schon, daß so etwas vorkommt«, begann Kommissar Steiner das Gespräch. »Er ist nicht nach Hause gekommen.«

» Nein, bis jetzt nicht.«

»Ja, dann besteht die Befürchtung, daß Ihrem Mann ein schreckliches Unglück zugestoßen ist. Sagen Sie uns bitte noch das Kennzeichen des Autos, das Ihr Mann gefahren hat.«

Elisabeth spulte das Kennzeichen monoton herunter, dann mußte sie sich doch setzen. Sollte es funktioniert haben? Das war einfach des Guten zuviel.

Der jüngere Polizist fühlte sich unbehaglich und wand sich auf dem Sofa hin und her.

Endlich erlöste Steiner ihn. »Frau Dünkel, das Kennzeichen stimmt mit dem überein, das uns die Kollegen mitgeteilt haben. Es tut mir leid, aber Ihr Mann wurde im Morgengrauen von einem Förster entdeckt. Er ist in seinem Auto bis zur Unkenntlichkeit verbrannt.«

Elisabeth drückte zwei Tränen hervor, aber es waren bestimmt keine Tränen der Trauer.

»Können Sie uns eine Haarbürste oder eine Zahnbürste von ihm geben?«

Elisabeth sah die beiden fragend an.

»Es geht um einen genetischen Fingerabdruck, weil Ihr Mann sonst vielleicht nicht identifiziert werden kann.«

Elisabeth nickte und zeigte auf die Badezimmertür. Wünschel ging hin und

Kommissar Steiner räusperte sich. »Frau Dünkel, mein Beileid, brauchen Sie Hilfe? Sollen wir einen Arzt für Sie holen?«

Elisabeth schaute stumm von einem Herrn zum anderen.

»Können wir Sie jetzt alleine lassen? Haben Sie jemanden, der Ihnen helfen kann?«

Elisabeth nickte langsam.

»Wir wären Ihnen dankbar, wenn Sie irgendwann mal aufs Revier in Bornheim kommen, sobald es Ihnen besser geht. Wir brauchen noch einige Angaben.«

Die beiden Kommissare waren froh, ihre schreckliche Mission erfüllt zu haben. Elisabeth wollte aufstehen und die Herren zur Tür begleiten, doch ihre Beine wollten nicht wie sie.

»Lassen Sie mal Frau Dünkel, wir finden alleine hinaus, nochmals alles Gute.« Die Haustür fiel ins Schloß. Lange konnte Elisabeth sich nicht rühren. Tränen liefen ihr übers Gesicht. Doch was die

Beamten nicht wußten, es waren Tränen der Erlösung, die sich in all den langen Jahren angesammelt hatten.

Langsam konnte sie wieder klar denken. Ihr Plan hatte funktioniert. Herbert hatte sich wie üblich nach getaner Autofahrt eine Zigarette angezündet, die Benzindämpfe aus dem angebohrten Ersatzkanister entzündeten sich und Bumm! Aber wo war jetzt sein Sparbuch? Wie kam die Visitenkarte von Gerold auf den Telefonschrank? Dies waren Fragen, die sie im Moment nicht beantworten konnte, es war alles zu verwirrend für sie. Morgen, dachte sie, morgen, wenn ich ausgeschlafen habe, dann wird sicher alles klarer.

Sie erledigte Arbeiten, die überhaupt nicht notwendig waren, dann rief sie ihren Sohn an und schilderte, was passiert war. Er versprach, am nächsten Tag bei ihr zu sein, obwohl er 600 Kilometer von ihr entfernt lebte.

Kommissar Steiner und sein neuer Kollege Dieter Wünschel waren derweil auf dem Revier eingetroffen und verfaßten nun ihren Bericht. Steiner sinnierte über Elisabeth Dünkel und ihren Schicksalsschlag. Wie das Leben so spielt. Ach, wäre doch jetzt Roswitha da, damit er mit ihr seine Gedanken und den spektakulären Unfall besprechen könnte. Aber nein, sie war befördert worden und tat jetzt ihren Dienst bei der Mordkommission Bonn. »Ist doch alles Scheibenkleister«, sagte er laut. »Zum Kotzen, wieso immer ich? Wolber ist seit Monaten krank geschrieben und wird wohl nicht mehr zum Dienst erscheinen, weil er zu fett ist, und ich muß mich jetzt mit so einem Greenhorn rumschlagen, der von Tuten und Blasen keine Ahnung hat. Es ist alles nicht mehr wie früher. Ja, damals war noch Power in der Mannschaft. Doch heute, ach Roswitha, warum mußtest du mir das antun!« Er stierte aus dem Fenster, während Wünschel seine Nase beleidigt in die Akten steckte.

Roswitha Schulze hatte es gut angetroffen. Sie arbeitete jetzt in Bonn bei der Mordkommission. Kollege Münch hatte dafür gesorgt, daß sie die Leiter hoch klettern konnte. Schließlich war sie gut, das hatte sie bei der Aufklärung des Mordes im Rotlichtmilieu bewiesen. Roswitha hatte ohne Zögern Ja gesagt und ihren Lebensgefährten und Kollegen Steiner gar nicht erst um Rat gefragt.

Jetzt hatten sie unterschiedlichen Dienst und sahen sich höchst selten. Steiner vom Revier in Bornheim wurde von Tag zu Tag ungenießbarer und ließ seine Launen an seinem neuen Kollegen Wünschel aus.

»He, Wünschel! Sie werden nicht dafür bezahlt, daß Sie Löcher in die Luft starren. Schreiben Sie gefälligst den Bericht, oder muß ich das auch noch selber machen?«

»Ja, Chef, bin schon dabei.«

»Na also, wenn Sie mit mir auskommen wollen, dann mal hurtig.« Dabei dachte Steiner wehmütig an Wolber und Roswitha. Waren das noch Zeiten, als er sein Scheibenkleister durch die Räume schallen ließ. Doch heute hörte kein Mensch mehr hin. Keiner verstand ihn oder hatte Sinn für seinen besonderen Humor. Selbst Oberkommissar Hirsch hatte kein Verständnis mehr.

»Scheiße!« brüllte er durch den Raum. »Ich gehe nach Hause. Wünschel, Sie machen das hier zu Ende.«

Roswitha Schulze hatte eine anstrengende Nacht hinter sich und war froh, endlich zu Hause zu sein. Sie wollte nur noch unter die Dusche und nichts wie in die Heia. Doch als sie aus der Dusche stieg, sich ein Badetuch um die Hüften wickelte und hüpfend ins Wohnzimmer kam, wer stand da?

»Was machst du denn hier, Gustav. Ich denke, du bist im Dienst?«

»Ach nee, schau an«, schmollte Steiner, »die Dame hat wohl jemanden anderes erwartet? Dann kann ich ja wieder gehen. Kaum bei der MK und schon ein Neuer. Klar doch, mit einem Kommissar aus der Provinz kann man ja jetzt keinen Staat mehr machen.«

»Gustav, sei lieb, rubbel mir den Rücken trokken«, wollte Roswitha Steiner besänftigen, doch der sah nur noch rot.

»Ach, so ist das. Erst soll ich rubbeln, und dann kommt ein junger Kollege und erntet die Früchte! Oh nein, meine Liebe, ich bin doch nicht blind. Du denkst wohl, weil ich ein alter Knacker bin, kannst du mich an der Nase herumführen? Mit mir nicht!«

Damit knallte er die Tür hinter sich zu.

Ach Gustav, dachte Roswitha, was ist nur aus uns geworden? Ich liebe dich doch, aber du machst mir wirklich das Leben schwer. Wenn du so weiter machst, dann mußt du dich nicht wundern, wenn irgendwann wirklich jemand in mein Leben tritt, und dann ist es aus. Ich habe keine Lust, mir meine karge Freizeit durch dich vermiesen zu lassen.

Aber eigentlich hatte sie nicht wirklich vor, ihren Gustav zu verlassen. Schließlich waren sie in ihrem Dienst durch dick und dünn gegangen, und sie schwor sich, nachher, wenn er wieder da war, ein ernstes Wort mit ihm zu reden.

Doch Gustav Steiner dachte nicht daran, zu erscheinen. Gegen Morgen, als Roswitha sich für den Dienst fertig machte, war er immer noch nicht da. Sie wollte gerade die Haustür öffnen, als sie eine Stimme lallen hörte:

»Welcher Idiot hat die Schlösser ausgewechselt? Das Weib, meine schöne liebe Roswitha, sie hat mich aus meiner eigenen Wohnung ausgesperrt.«

Sie hörte von drinnen, wie er vergebens versuchte, den Schlüssel ins Schloß zu stecken, und riß die Tür auf: »Was machst du für einen Lärm, Gustav Steiner? Du weckst die ganze Nachbarschaft auf. Komm, ich helfe dir.«

Doch das war zuviel des Guten für Gustav. »Laß mich los, ich kann alleine gehen«, und plumps, lag er der Länge nach in der Diele. Es war eine Heidenarbeit für Roswitha, den lieben Gustav ins

Schlafzimmer zu schleppen, vom Entkleiden mal abgesehen, denn er war kein Leichtgewicht. Als er endlich schnarchend auf der Seite lag, konnte Roswitha endlich nach Bonn, um ihren dienstlichen Pflichten nachzukommen.

Münch übersah ihre Verspätung geflissentlich, denn sonst war sie schließlich die Pünktlichkeit in Person, und so manche Überstunde absolvierte sie ohne zu murren. Nur waren ihre Überstunden ja leider wieder ein Anlaß für Gustavs Eifersucht. Dabei konnte er doch stolz auf sie sein. Aber nein, er grollte und unterstellte ihr sogar ein Verhältnis mit Münch. Grotesk! Sie hatte nur Gustav im Kopf, auch wenn sie langsam Zweifel beschlichen. Denn wenn es immer wieder Szenen in einer Beziehung gibt, wird sie langsam aber sicher zerbröckeln.

Elisabeth Dünkel hatte eine weitere schlaflose Nacht verbracht und öffnete erschöpft, als ihr Sohn Sturm klingelte.

»Hallo Mama, da bin ich. Ach, es tut mir so leid, daß es so kommen mußte. Der Alte war zwar ein Ekel, aber so etwas gönnt man doch seinem Erzfeind nicht.«

»Du sagst es, mein Sohn«, erwiderte sie müde, in Gedanken fügte sie jedoch hinzu: Das Aas hat es verdient, der macht mich nicht mehr fertig.

Nachdem beide, Mutter und Sohn, gefrühstückt hatten, mußten sie aufs Polizeirevier fahren, um weitere Fragen zu beantworten. So wappnete sich Elisabeth innerlich auf das, was kommen sollte.

Sie schloß sorgfältig ab, schaute in die leere Garage und wußte immer noch nicht, wie sich die Tür geöffnet haben könnte. Später würde sie der Sache auf den Grund gehen, jetzt brauchte sie ihre Nerven für die Polizei.

Es war ein Befragung, wie sie im Buche stand.
»Frau Dünkel, wo waren Sie zur angegebenen Zeit? Warum waren Sie nicht mit? Hatten Sie mit Ihrem Mann Streit? Hatte er Depressionen?«
Dies alles prasselte auf sie ein. Sie beantwortete alle Fragen mit Tränenbächen, bis die Beamten Mitleid hatten und sagten: »Liebe Frau Dünkel, ist ja gut. So wie es aussieht, war es ein schrecklicher Unfall. Der Ersatzkanister war undicht. Als sich Ihr Mann eine Zigarette mit dem Zigarettenanzünder anstecken wollte, gab es eine gewaltige Verpuffung der Benzindämpfe und in Sekundenschnelle ist das Auto dann explodiert. Ihr Mann hat überhaupt nichts gespürt.«
Nun mischte sich Oberkommissar Hirsch in das Gespräch. »Frau Dünkel, es ist so, wie der Kollege es Ihnen erzählt hat. Wenn so ein Auto Feuer fängt und niemand in der Nähe ist, der helfen kann, ist alles zu spät. Ihr Mann muß sofort ohnmächtig gewesen sein. Wissen Sie, warum er den Ersatzkanister auf dem Rücksitz und nicht im Kofferraum aufbewahrte?«
Sie zuckte mit den Achseln.
»Nein, ich weiß nichts. Er ließ mich nie an sein Auto heran, es war sein Heiligtum. Außerdem fahre ich nie damit. Ich habe selbst einen alten VW.

Mein Mann hat den defekten Benzinkanister wahrscheinlich gar nicht bemerkt.«

»Frau Dünkel, wir haben Ihren Mann durch seinen genetischen Fingerabdruck identifiziert. Aber wenn Sie ihn nochmal sehen möchten? Einer unserer Beamten kann Sie begleiten.«

Klaus Dünkel ergriff das Wort. »Meine Mutter ist mit den Nerven fertig und möchte nach Hause. Ich möchte meinen Vater nochmal sehen - oder das, was von ihm übrig ist.«

Ausgerechnet Kommissar Steiner bekam diese delikate Aufgabe zugewiesen, als wenn er nicht schon genug Scheißkram zu bewältigen hätte. Der Besuch in der Pathologie fehlte ihm gerade noch, doch seinen berühmten Fluch verkniff er sich. Es hört sowieso keiner mehr hin, und die arme Frau hatte genug mit ihrem Nervenkostüm und den Tränen zu kämpfen. Also sagte er nur brav: »Ist gut Chef, ich fahre mit.«

So fuhr man erst Frau Dünkel nach Hause. Dann düsten sie zur Pathologie und kamen ausgerechnet bei der MK vorbei. Wer stand vor dem Gebäude? Roswitha Schulze, die sich lachend mit Münch unterhielt.

Gustavs Tag war mal wieder gelaufen. Seine Eifersucht kannte keine Grenzen, und wenn er nicht noch eine Aufgabe zu erfüllen gehabt hätte, dann hätte es vor den Toren der MK einen gewaltigen Beziehungskrach gegeben. Aber aufgeschoben ist nicht aufgehoben, dachte Steiner, warte nur ab. Mit diesen Haßgefühlen erreichte er die Pathologie. Sie wurden in einen Raum geführt, dann erschien Dr. Künast und bat um etwas Geduld. Nach wenigen Minuten kam er zurück: »So meine Herren, die Leiche liegt zur Besichtigung bereit.«

Nicht nur Klaus Dünkel, sondern auch Steiner hatte ein mulmiges Gefühl im Bauch. Wie sah sie aus, die Leiche, war so etwas für den jungen Mann zumutbar?
Dr. Künast führte sie an eine Metalliege. Unter weißen Tüchern lagen die Überreste von Heribert Dünkel, doch sie sahen nur den Mund, beziehungsweise die blendend aussehenden Zähne, so gut hatte man ihn abgedeckt. Klaus Dünkel warf nur einen Blick auf den klaffenden Mund und die verkohlten Lippen, dann nickte er, mußte krampfhaft seine Übelkeit bekämpfen, wandte sich ab und im Laufschritt rief er fast hysterisch: »Ja, er ist es. Oh nein, wie furchtbar.«
Kommissar Steiner hatte sich im Hintergrund gehalten, doch auch ihn würgte Übelkeit. Es ist nie ein Honigschlecken, wenn man bei so einer Sache dabei sein muß, dachte er.
Im Vorraum saß Klaus Dünkel, hielt sich die Hände vors Gesicht und murmelte immer wieder: »Wie konnte so etwas überhaupt passieren?«
Steiner ließ ihm noch ein paar Minuten, dann rüttelte er ihn sanft. »Herr Dünkel, können wir jetzt fahren? Ihre Mutter braucht Sie sicher dringend.«
Diese Worte brachten Klaus Dünkel in die Gegenwart zurück. Gemeinsam gingen sie zum Auto. Während der Fahrt sprachen beide kein Wort, jeder hing seinen Gedanken nach.

Steiner lieferte Dünkel junior bei seiner Mutter ab und sagte mitfühlend: »Alles Gute, ich wünsche Ihnen viel Kraft für das, was noch vor Ihnen liegt.«

Damit machte er kehrt und fuhr aufs Revier nach Bornheim, wo er sich dem Papierkram widmen mußte. Während er über der Akte Dünkel brütete und die Sachverständigengutachten durchlas, überkam ihn wieder das Bild von Roswitha und Kollege Münch, wie sie lachend vor der MK gestanden hatten. Er haute mit der Faust auf den Tisch, daß sämtliche Aktenblätter das Weite suchten. Just in diesem Moment klingelte sein Telefon.

»Steiner!« brüllte er in den Apparat.

Roswitha war am anderen Ende und schnaufte: »Sag mal Gustav, bist du immer so guter Laune? Na, dann hänge ich lieber gleich wieder ein.«

Doch Gustav schrie hysterisch: »Das könnte dir so passen. Erst mit dem anderen auf Liebe machen und dann den Alten anrufen, als wenn nichts gewesen wäre. Denkst du, ich habe keine Augen im Kopf? Ich habe dich gesehen, wie du mit Münch geflirtet hast. Ich lasse mich doch nicht zum Narren machen.«

Ehe Roswitha sich rechtfertigen konnte, knallte Gustav den Hörer auf die Gabel. So, jetzt war ihm wohler. *Er* hatte aufgelegt und nicht sie, das gab ihm enormes Selbstvertrauen und seine Laune stieg wieder. Hatte er ihr doch die Leviten gelesen. Nun konnte sie zappeln, so lange sie wollte. *Er* würde nicht klein beigeben. Wo kämen wir denn dahin, dachte Steiner, wenn die Weiber einem Hörner aufsetzen! Nicht mit mir.

Roswitha am andere Ende der Leitung wußte nicht, wie ihr geschah. War ihr Gustav nun vollends ausgeflippt? Was hatte er nur? Sie war sich keiner Schuld bewußt, deshalb schüttelte sie den Kopf und dachte, Gustav, du bist bekloppt. Und wenn ich dich heute abend sehen sollte, dann sage ich es dir auf den Kopf zu. Mit mir nicht, du blöder Scheibenkleister-Affe. Nun hatte sie Oberwasser, so dachte sie jedenfalls, aber es war noch lange nicht Abend.

Der Tag gestaltete sich für Frau Dünkel und ihren Sohn hektisch. Sie mußten alles für die Beerdigung regeln, die Papiere heraussuchen, Verwandte benachrichtigen, mit der Bank sprechen. Das alles überforderte Elisabeth. Nachdem sie ihrem Sohn von dem merkwürdigen Defekt im Sicherungskasten berichtet hatte und was in dieser Nacht alles passiert war, rief der sofort einen Elektriker an.

Der kam prompt, waltete seines Amtes, schaute sich den ominösen Defekt im Sicherungskasten fassungslos an, schüttelt dauernd den Kopf und konnte sich nicht erklären, wie so etwas passieren konnte. Er hätte ja schon so manchen handwerklich unbegabten Hauseigentümer erlebt. Die meinten alle, sie hätten die Weisheit mit Löffeln gefressen, fummelten dauernd an solchen Sachen herum und schließlich passiert ein Unglück. Er baute eine neue Sicherung ein und präsentierte nach getaner Arbeit die Rechnung. »Liebe Frau, sagen Sie Ihrem Mann, daß er beim nächstenmal die Finger vom Schaltkasten lassen soll. Irgendwann geht so etwas verdammt in die Hose, dann haben Sie den schönsten Brand.«

Elisabeth zuckte wie unter einem Peitschenhieb zusammen. Das war Heribert, dachte sie, der bringt mich noch im Tod auf die Palme. Wenn das so weiter geht, dann brauche ich dringend einen Psychiater oder ich komme ins Grab, aber nicht in deines, Heribert. Lieber nehme ich ein Gemeindegrab. In ein Doppelgrab mit dir, mein Lieber, will ich auf keinen Fall.

Diese Frage klärte sie auch mit ihrem Sohn.
»Klaus, können wir nicht für Vater ein Einzelgrab nehmen? Es könnte ja sein, daß ich noch einmal heirate, und dann muß ich irgendwann zu ihm. Das würde mein neuer Mann wohl kaum dulden.«
»Mutter, mache dir doch nicht so viele Sorgen. Wenn du es so willst, dann machen wir es auch so.«
Sohn Klaus übernahm den Gang zum Beerdigungsinstitut. Die Papiere waren vollständig, die Formalitäten würde der Bestatter regeln, somit blieb nur noch, die Angehörigen zu verständigen, wann und wo die Beerdigung stattfinden würde. Die Beileidskarten waren in Auftrag gegeben und würden am Nachmittag geliefert werden. Und dann hieß es, jede Menge Post adressieren und verschicken. Ob auch alle kommen würden, war eine andere Frage, denn beliebt war Heribert zu Lebzeiten gerade nicht. Doch wenn es um einen Leichenschmaus ging, würden sich das einige sicher nicht entgehen lassen.

Während bei den Dünkels die Vorbereitungen für die Beerdigung stattfanden, kündigte sich bei Gustav Steiner und Roswitha Schulze gewaltiger Zoff an.

Kaum war Gustav vom Dienst nach Hause gekommen, schwoll ihm bei dem Gedanken an Kollegen Münch schon wieder der Kamm. Er steigerte sich in seine Eifersucht hinein, und als seine Geliebte den Schlüssel ins Schloß steckte, war sein Gefühlsleben in Wallung.

»Ach nee, schau an. Da ist ja die junge Frau Kollegin. Köstlich amüsiert heute?«

»Mensch Gustav, du hast einen Knall. Laß mich doch mit deiner verdammten Eifersucht in Frieden. Ich bin total erschöpft und brauche meine Ruhe.«

»Das kann ich mir denken. Bei so einem anstrengenden Tag mit Münch muß man ja erschöpft sein. Für mich hast du nur ein müdes Lächeln übrig. Ich habe es satt. Du führst mich nicht länger an der Nase herum, damit du es auch weißt. Ich werde das nicht länger dulden.«

Roswitha war müde und wollte nur noch schlafen. Seine Eifersucht machte sie ganz krank. »Ach Gustav, was ist aus dir nur geworden? Früher hattest du Humor und heute bist du noch ein Kotzbrocken. Entschuldige, daß ich das sagen muß, aber es stimmt doch. Wenn du dich nicht zusammennimmst, dann suche ich mir bald eine andere Bleibe. So, und nun Gute Nacht.«

Doch Roswithas Drohung, auszuziehen, war natürlich für Gustav nur eine Bestätigung, daß sie einen anderen hat.

Er nahm sein Bettzeug und marschierte demonstrativ ins Wohnzimmer, legte sich auf das Sofa und konnte vor lauter Frust nicht schlafen.

Der Tag der Beerdigung war da. Die ganze Nachbarschaft hatte sich auf dem kleinen Friedhof in Waldorf im Vorgebirge versammelt und war neugierig, wie sich Frau Dünkel verhalten würde. Wußten doch alle, daß der Herr Dünkel seiner Gattin das Leben zur Hölle gemacht hatte. Wie mußte sie froh sein, daß der liebe Gott ein Einsehen hatte. Nun konnte Frau Dünkel doch endlich ein normales Leben führen. Dies alles wurde natürlich nur hinter vorgehaltener Hand getuschelt, wie halt die lieben Nachbarn so sind. Seit die Polizei bei Elisabeth gewesen war, kursierten die tollsten Gerüchte, und in so einem kleinen Dorf blieb nichts geheim. Bald wußten es alle: Der Dünkel hat sich mit seiner Raucherei selbst in die Luft gejagt.

Dann war es soweit. Der Pfarrer hatte seinen Segen erteilt und führte die kleine Gemeinde zum offenen Grab. Der Sarg wurde von einigen Männern der Nachbarschaft getragen. Dahinter gingen Elisabeth mit Sohn und Schwiegertochter am Arm, dann folgten einige entfernte Verwandte, und schließlich reihten sich die Nachbarn und jede Menge Schaulustige aus dem Ort ein. Der lange Zug schlängelte sich über den Friedhof. Am Grab sprach der Pfarrer ein letztes Gebet. Alle Nachbarn hatte die Augen auf die Witwe gerichtet, die plötzlich in Tränen ausbrach. Elisabeth weinte so laut und es klang so jammervoll, daß selbst den Neugierigen Tränen in die Augen traten.

Elisabeth schüttelte schluchzend unzählige Hände und bedankte sich. Doch ihre Tränen waren keine Tränen des Schmerzes, sondern Tränen der Erleichterung. In dem Augenblick, als sie ihren Rosenstrauß ins Grab warf, just in diesem Moment lief ihr ganzes Leben in Sekundenschnelle vor ihren Augen nochmals ab.

Vor rund 32 Jahren hatte ihr Unheil angefangen. Heribert Dünkel entpuppte sich schon bald nach der Hochzeit als dünkelhafter egozentrischer Pascha. Er hatte das Sagen und wehe, sie spurte nicht, dann war die Hölle los. Er machte, was er für richtig hielt, doch Elisabeth konnte sich noch so anstrengen, ihm war nichts gut genug. Sie ging fleißig arbeiten und verdiente selbst ihr Geld. Doch auch das reichte ihrem Gemahl nicht. Wenn sie aufbegehrte, weil ihr die ganze Arbeit zuviel wurde, hatte sie schlechte Karten.

»Du blöde alte Zicke«, hieß es dann, »du bist doch nur zu faul, um arbeiten zu gehen. Andere Frauen schaffen auch mit. Soll ich etwa das ganze Geld alleine heranschaffen. Nee, meine Liebe, du gehst arbeiten und damit basta. Wäre ja noch schöner, wenn ich die Kohle alleine beschaffen muß. Wofür habe ich denn geheiratet? Damit die Gnädige alles auf den Kopf hauen kann?«

So fügte sich Elisabeth, ging schön brav arbeiten und verdiente kein schlechtes Geld. Doch wenn sie sich in Bonn, wo sie ja arbeitete, einmal ein paar schöne Schuhe kaufte, die ihr schon seit längerem ins Auge stachen, dann wußte ihr Gemahl davon, noch bevor er die Wohnung betreten hatte.

»Hast du Geld zuviel? Was hast du dir dabei gedacht, unser Geld zum Fenster rauszuwerfen? Ich schufte wie bekloppt, und du kaufst auf Teufel komm raus.«

Aber sie wußte ja, woher der Wind wehte, denn sie wohnten zu dieser Zeit noch bei der Schwiegermutter im Haus. Oben hatten sie ihre Wohnung, doch der liebe Gatte ging zuerst bei Muttern Guten Tag sagen, bevor er die Treppe hoch kam. Die steckte ihm dann, was die Schwiegertochter für Einkaufstüten in der Hand hielt, wenn sie nach Hause kam. Oh ja, sie schaute genau hin, ob es eine Tüte aus dem Schuhgeschäft, eine Supermarkttüte oder eine teuer aussehende Tüte aus einem anderen Geschäft war.

Dabei mußte Elisabeth doch für ordentliche Kleidung sorgen, sie war schließlich berufstätig und konnte nicht immer in demselben Fummel herumlaufen. Was sollten denn die Kolleginnen denken? Die bekamen schon genug mit, wenn Elisabeth mit traurigem Gesicht erschien und Feiern, die stattfanden, immer absagen mußte.

»Danke, das ist nett von euch, aber ich kann nicht. Mein Mann sieht es nicht gerne, und außerdem habe ich noch so viel zu tun.«

Doch ihr lieber Gatte ließ keine Feierlichkeit aus, natürlich ohne ihr Bescheid zu geben. Dann rakkerte sie sich ab, kochte und saß stundenlang wartend zuhause, bis das Essen vergammelt war. Und wenn er dann erschien, schimpfte er auch schon los: »Wo bleibt mein Essen, ich habe schließlich Hunger.«

Sie hätte ihn dann am liebsten erwürgt, aber sie hielt still, sagte nichts, um den Krach nicht noch größer werden zu lassen.

Sie machte dieses Spielchen über 10 Jahre mit, dann wurde es zeitweise etwas besser. Er ließ sie in Ruhe, ging nicht mehr jeden Abend aus. Doch nach einiger Zeit wurde er eifersüchtig. Wenn er keinen Grund zum Streiten fand, dann suchte er einen.

Ihren 15.Hochzeitstag vergaß er wie alle anderen aus Prinzip. »Ach, die Gnädige hat sich aber heute fein gemacht. Hast wohl einen anderen gefunden, der dir schöne Augen macht. Schlampe, dusselige Kuh, wer will dich schon.«

Auch das schluckte Elisabeth und wollte sich zum x-ten Mal von ihm trennen. Doch da war ihr Sohn, dem sie nicht den Vater nehmen wollte. Später, dachte sie, wenn der Kleine flügge geworden ist, dann haue ich in den Sack.

Die Jahre vergingen und sie blieb, ging weiter arbeiten und hatte die Hölle auf Erden. Selbst als sich ihr 25.Hochzeitstag näherte und alle Bekannten nachfragten, wann denn das große Fest steige, hatte Heribert seine Antwort parat. »Feiern? Ich höre wohl nicht recht. Hier gibt es nichts zu feiern. Wir werfen doch den Schmarotzern das Geld nicht in den Rachen. Sollen die doch sehen, wo sie umsonst verköstigt werden, bei mir nicht.«

Natürlich bekam sie keinen Rosenstrauß, doch ihr Sohn und die Freundin Erika, sie waren damals noch nicht verheiratet, brachten unverhofft einen Präsentkorb, der sich sehen lassen konnte. Und eine Überraschung hatten sie außerdem parat.

»Mama«, sagte Klaus, »tue mir einen Gefallen. Schau heute abend im 3.Programm mal im Videotext unter Gratulationen nach, da ist eine Überraschung für euch.«

Gegen Abend nahm Elisabeth die Fernbedienung und schaltete das 3.Programm ein. Sie wollte lesen, was ihr Sohn angedeutet hatte, doch sie hatte die Rechnung ohne Heribert gemacht. Der begann zu toben, als sich sein undankbares Weib seine heiß geliebte Fernbedienung aneignete.

»Her damit«, brüllte er, »ich will im RTL die Nachrichten sehen.«

Doch Elisabeth hielt sie eisern fest und drückte die Knöpfe, bis sie den gewünschten Text gefunden hatte. Da stand es:

**Zur Silberhochzeit wünschen wir
Elisabeth und Heribert Dünkel
alles Liebe und Gute,
ein friedliches Beisammensein,
und noch viele glückliche Jahre.**

*Klaus und Erika .*

Als Elisabeth das las, überkam sie Wehmut. Ach, was hatte sie doch für einen lieben Sohn. Er war nicht wie sein Vater, und Erika paßte hervorragend zum ihm. Ihr kamen vor lauter Rührung die Tränen. Bloß den Satz „noch viele glückliche Jahre" hätte er besser weggelassen, aber er dachte wohl, man solle die Hoffnung nie aufgeben.

Als ihr Göttergatte die Tränen sah, trumpfte er auf. »Was flennst du denn so. Willst du vielleicht andeuten, daß du mit mir unglücklich bist? Gib endlich die Fernbedienung her, ich will die Nachrichten sehen. Wenn du flennen willst, dann hau ab in dein Zimmer! Ich brauche schließlich meine Abendruhe.«

Elisabeth knallte die Tür zu und dachte, irgendwann, Heribert, erschlage ich dich. Du bist ein Ekel höchsten Grades, ich verabscheue dich.

Sie wurde jäh aus ihren Gedanken geholt und sah sich um. Die anderen Trauergäste waren schon gegangen. Sie stand mit ihren Kindern am Grab ihres „geliebten" Heribert.

»Mama, komm, nimm es nicht so schwer. Wir müssen gehen, die Gäste warten in der Gastwirtschaft auf uns.« Sie sah ihren Sohn an, dann lächelte sie zaghaft. Der Geisterspuk war fürs Erste aus ihrem Gedächtnis verschwunden.

Kommissar Steiner wachte am nächsten Morgen mit steifen Knochen auf und mußte sich erst einmal orientieren, wo er war. Sein Nacken tat weh, der Rücken schmerzte. Dann wurde ihm schlagartig bewußt, daß *er*, Gustav, doch tatsächlich das Schlafzimmer geräumt hatte, obwohl es seine Wohnung war! Das ärgerte in noch mehr, zumal er an den Krach mit Roswitha am vorangegangenen Abend dachte. Die Galle kam ihm hoch. Was doch Weiber aus einem machen können, dachte er, aber nicht mit mir.

In diesem Moment erschien Roswitha in ihrer Dienstkleidung. »Guten Morgen, mein Schatz, geht es dir heute besser? Dann komm her und gib mir einen Kuß.« Ehe er sich versah, verpaßte sie ihm einen zärtlichen Kuß, daß ihm Hören und Sehen verging. Die Wut war weg, und er hatte Sehnsucht nach seiner Geliebten. Er wollte sie hier und jetzt.

Doch Roswitha machte sich lächelnd frei. »Heute abend, mein Schatz, dann bin ich für dich da, jetzt muß ich leider gehen. Schönen Tag, Gustav, bis dann.«

Schon war sie seinem Blickfeld entschwunden.

»Na, das fängt ja wieder gut an«, knurrte Gustav, »wenn du denkst, dann denkst du aber auch nur. Scheiß Spiel. Und heute abend ist sie müde. Ach, was bin ich doch ein armer Kerl.«

Mit solch mitleiderregenden Gedanken machte er sich für seinen Dienst fertig. Der Hunger war ihm vergangen. Frühstücken konnte er auch auf der Wache. Wofür hatte er denn Wünschel, seinen Kollegen. Dem würde er schon Beine machen.

Kaum hatte Steiner die Wache betreten, da keifte er auch schon los, denn irgendwo mußte er ja seinen Frust loswerden und warum nicht hier.

»Wünschel, warum ist kein Kaffee aufgebrüht? Was haben Sie eigentlich die ganze Zeit gemacht? Für´s Träumen werden Sie nicht bezahlt!«

»Ja, Chef, sofort«, beeilte sich Wünschel.

Ein Glück für Gustav, daß sein Chef, Oberkommissar Hirsch, Urlaub hatte, denn dann hätte es ein Donnerwetter gegeben. Schließlich wurden die Beamten für den Staatsdienst bezahlt und nicht für´s Kaffeekochen.

Nachdem Wünschel auch noch schnell belegte Brötchen besorgt hatte und den Kaffee nebst Zukker und Sahne auf einem Tablett vor Gustav Steiner hinstellte, hoffte er, nun in Ruhe gelassen zu werden. Doch dem war nicht so, denn als Steiner einen großen Schluck genommen hatte, spie er diesen auch gleich wieder aus. »Was ist das denn für ein Gesöff? Pisse kann ich selber produzieren. Mensch Junge, du mußt noch viel lernen.«

Wünschel machte einen zerknirschten Gesichtsausdruck, doch es sollte noch schlimmer kommen. Gustav war so richtig in Fahrt: »Wünschel, wo ist die Akte Dünkel, die ich gestern auf meinem Schreibtisch hatte?«

»Ehm, ich glaube, die ist im Keller gelandet, ich dachte, sie ist abgehakt.«

»Wann hier etwas abgehakt wird, entscheide immer noch ich, kapiert Herr Kollege? Und nun holen Sie schleunigst die Akte herauf, oder soll ich bis heute abend darauf warten?«

Steiner wünschte sich seinen Kollege Wolber zurück. Warum mußte der aber auch ewig Krankfeiern und seinen vorzeitigen Ruhestand anpeilen?

Der drehte jetzt Däumchen, und er mußte sich mit einem Idioten wie Wünschel herumschlagen. Gustav Steiner war Kommissar mit Leib und Seele. Er und Frührenter? Pah! Er hätte mit seiner freien Zeit überhaupt nichts anfangen können. Nee, er blieb, solange man ihn behalten wollte.

Wünschel kam außer Atem zurück. »Bitte Herr Steiner, die Akte.«

»Was soll ich damit, Wünschel?« Doch dann fiel ihm siedendheiß ein, daß er sie ja angefordert hatte.

»Ach so, geben Sie schon her. Sagen Sie doch gleich, was Sache ist.«

Wünschel sah ihn stirnrunzelnd an und meinte dann belustigt: »Kann ich jetzt die Akte - Diebstahl - durchgehen, Herr Steiner?«

»Was ist denn noch«, blaffte Steiner, doch dann nickte er zustimmend, als er den Aktenberg sah.

»Kindergarten, der reinste Kindergarten ist das hier. Wenn man nicht alles haarklein erklärt. Zu nichts alleine fähig. Alles muß man selber machen. Sind eben nicht mehr die guten alten Zeiten.«

Er widmete sich der Akte Dünkel, obwohl es eigentlich gar keinen Fall gab, denn die Angelegenheit war als Unfall abgeschlossen. Doch ein Gustav Steiner prüfte lieber dreimal, ehe die Akte wirklich ins Archiv gelegt werden konnte.

Bis zum Nachmittag hatte er sich Blatt für Blatt vorgenommen, doch nichts deutete auf Fremdverschulden hin. Die Gutachten erklärten den Unfallverlauf, bis ins kleinste Detail. Der Benzinkanister auf dem Rücksitz war wohl undicht gewesen, und als Dünkel sich eine Zigarette anzünden wollte, sind die Benzindämpfe verpufft. Das wiederum entzündete den Kanister, und es gab eine Explosion. Aber warum hatte Dünkel die Dämpfe nicht gerochen? Für Gustav war alles zu perfekt, nur leider juckte ihm die Nase nicht, sonst für ihn ein sicheres Zeichen, daß etwas nicht stimmt. Deshalb gab er auf.

Die Beerdigungszeremonie und der anschließende Leichenschmaus waren längst vorbei. Elisabeth und Sohn Klaus wollten die Papiere für die Versicherung durchgehen, denn Heribert hatte zu ihren Gunsten eine beträchtliche Summe eingesetzt. Erika war inzwischen mit dem Zug alleine nach Hause gefahren, denn sie wurde hier nicht mehr gebraucht. Alle Versicherungsunterlagen waren säuberlich abgeheftet, nur die ersehnte Urkunde der Lebensversicherung über 200.000 DM war und blieb verschwunden.

»Sie muß hier sein«, beharrte Elisabeth, »ich weiß es genau, sie war ganz obenauf geheftet. Die kann sich doch nicht in Luft auflösen.«

Ohne Versicherungsnummer war nichts zu machen, überhaupt nichts. Da fiel Elisabeth Gerold Häusel ein. In dem ganzen Heckmeck hatte sie nicht mehr an ihn gedacht. Nun holte sie schnell die Karte mit seiner Telefonnummer aus ihrem Stammplatz in der kleinen Seitentasche.

»Tut, tut«, dann meldete sich der Anrufbeantworter. »Guten Tag, hier ist der Anschluß von Gerold Häusel. Leider bin ich nicht erreichbar.

Bitte hinterlassen Sie Ihre Telefonnummer, ich rufe zurück!«

Dies tat Elisabeth und bat um dringenden Rückruf, denn so hatten sie es als Alarmsignal vereinbart.

Der Tag verging, aber es kam kein Rückruf. Nochmals wählte sie, doch immer die gleiche Ansage, sie probierte es bis spät in die Nacht hinein, doch sein Rückruf blieb aus.

Am nächsten Tag probierte sie es über die Versicherungsagentur. Das hatte sie noch nie getan, aber es war dringend. Dort bekam sie auch keine Auskunft: »Tut uns leid, aber Herr Häusel ist zur Zeit nicht im Hause. Probieren Sie es morgen noch einmal.«

Das Spiel wiederholte sich am laufenden Band. Gerold Häusel war nicht aufzutreiben. Auch seine Wohnung war verrammelt und die Rolläden herabgelassen. Zum x-ten Mal wählte sie Gerolds Privatnummer, doch nach dem Piepton meldete eine monotone Stimme: »Das Band ist zu Ende!«

Sie versuchte es über sein Handy, doch es war ausgeschaltet.

Rätsel über Rätsel, zumal Elisabeth schon seit der Beerdigung zu Bewußtsein gekommen war, daß die goldene Uhr von Heribert verschwunden war. Er hatte sie bei seiner letzten Fahrt umgebunden. Eigentlich hätte die Polizei die verschmorten Reste bei dem Leichnam finden müssen, doch da war nichts.

Die weiteren Rätsel hatte sie auch noch nicht

lösen können. Was war mit dem Garagentor? Dem Sicherungskasten? Dem Sparbuch?

Ach, Elisabeth dröhnte der Kopf. Nun fehlte auch noch die Versicherungspolice. Es hatte keinen Zweck. Sie mußte selbst nach Bonn zur Generalvertretung fahren, um vor Ort die Lebensversicherung abzuklären. Sie hatte ihren Ausweis und die Todesurkunde von Heribert in ihrer Handtasche. So würde man ihr mit Sicherheit eine Auskunft erteilen können.

Freundlich wurde sie von einer Empfangsdame weitergeleitet. »Bitte, gnädige Frau, der Herr Direktor erwartet Sie, den Gang hinunter und die 2.Türe links. Da erwartet Sie Herr Kneifer.«

Elisabeth überkam doch ein mulmiges Gefühl. Wie sollte sie sich verhalten? Sie war zwar ganz in schwarz gekleidet, doch die Tränen des Grams waren versiegt.

Sie holte tief Luft, klopfte, und dann erscholl auch schon ein angenehmes »Ja bitte«. Elisabeth drückte die Tür auf.

Ein seriös wirkender Endfünfziger erhob sich höflich aus seinem Chefsessel und begrüßte sie herzlich. »Guten Tag, Frau Dünkel, nehmen Sie doch bitte Platz, möchten Sie Kaffee?«

»Ja danke, den nehme ich gerne.«

Nachdem er die Order durch die Sprechanlage erteilt hatte, kam Herr Kneifer zur Sache. »Gnädige Frau, was kann ich für Sie tun?«

Elisabeth erklärte ihr Anliegen, zeigte ihren Personalausweis und Heriberts Todesurkunde.

»Es dauert nicht lange, Frau Dünkel, dann habe ich die Akte hier, aber trinken Sie doch derweil

Ihren Kaffee.« Er betätigte die Sprechanlage und verlangte die Akte Dünkel.

Leise und unbemerkt wie eine Fee brachte jemand den Kaffee. Direktor Kneifer bediente sie persönlich. Als sie ihn so anschaute, mit dem Kneifer auf der Nase, mußte sie lächeln und dachte, ist doch komisch: Mein Mann hieß Dünkel und hatte einen Dünkel, der Herr Direktor hat einen Kneifer auf seiner Nase und heißt auch noch so. Beinahe hätte sie lauthals ob der Kuriosität gelacht. Sie konnte sich gerade noch beherrschen. War aber auch zu lustig. Ein Glück, daß es just in diesem Moment klopfte und eine junge Dame die gewünschte Akte übergab. Dann verging ihr das Lachen.

Direktor Kneifer schaute hinein, las und las und nahm seinen Kneifer ab, rieb sich die Nasenwurzel und sagte: »Ähm, gnädige Frau, ich glaube, es ist ein Irrtum unterlaufen, aber das muß ich Ihnen deutlicher erklären.«

Elisabeth hatte plötzlich einen schalen Geschmack im Mund, ihr Gehirn arbeitete auf Hochtouren. Heribert, das Aas, was hatte er nun wieder ausgeheckt, ihm war alles zuzutrauen. Dann spulten monotone Sätze an ihrem Gehör vorbei, sie verstand nur Bahnhof, und als sie es endlich begriffen hatte, stand Kneifer auf, gab ihr die Hand und entschuldigte sich, obwohl er nichts dafür konnte.

»Gnädige Frau, es tut mir leid, Ihnen dies mitteilen zu müssen. Sie verstehen sicher, daß wir die

Sterbeurkunde für die Überweisung an den Begünstigen behalten müssen.«

Nachdem er ihr an der Tür nochmals alles Gute gewünscht hatte, stand Elisabeth wie vom Donner gerührt da und verstand die Welt nicht mehr. Wie sie überhaupt aus dem Gebäude gekommen war und plötzlich, ohne einen Unfall verursacht zu haben, in Waldorf vor ihrem Haus stand, war ihr ein Rätsel. Immer noch schwirrte ihr der Kopf, als sie die Haustür aufschloß. Herrn Kern, der am Zigarettenautomat stand, sagte sie geistesabwesend Guten Tag. Dann knallte sie die Tür hinter sich zu und lachte hysterisch.

»Das gibt es nicht, das darf nicht wahr sein!« schrie sie durch das Haus. »Mein Heribert eine Geliebte!« Er, der zu faul war, eine Kiste Selters zu transportieren, hatte doch tatsächlich einer Tussi von 22 Jahren seine Lebensversicherung vermacht und ausgerechnet eine Woche vor seinem Ableben. Solche Zufälle gab es einfach nicht.

Irgend etwas mußte sie tun, sonst würde sie durchdrehen. Sie rannte in den Keller, was sie da wollte, wußte sie noch nicht. Sie rückte hier etwas weg und dort, - aua -, was war das denn? Sie schaute zuerst auf ihre blutende Hand, dann auf das, was sie verletzt hatte.

Der Verschluß des Armbandes seiner goldenen Uhr hatte sich in ihre Hand gebohrt. Aber das war noch nicht alles. Da lag Heriberts verschmorter Ehering. Den hatte die Polizei ihr doch ausgehändigt. Wie kam der hier hin? Die Uhr hatte er getragen, als er zum Holzsammeln abfuhr. Er hatte noch darauf geschaut, das wußte sie mit Sicherheit.

»Hilfe«, schrie sie so laut sie konnte und rannte in den Garten.

Vom Balkon kam ihr Nachbar Kern entgegengesprintet.

»Langsam, Frau Dünkel, ich bin ja da. Was ist denn so Schlimmes passiert? Sie bluten ja!«

Elisabeths Gesicht war kalkweiß. Sie zitterte am ganzen Körper und konnte nicht zusammenhängend reden. Kern holte aus dem Bad ein Pflaster und versorgte die Wunde.

»Kommen Sie, Elisabeth, ich packe Sie erst einmal warm ein. Sie haben einen Schock erlitten.« Darauf nahm er die Decke, die auf dem Sofa zusammengerollt lag und hüllte sie darin ein. Zusammengekauert lag sie da und war einem Nervenzusammenbruch nahe. Mit Tränen in den Augen beobachtete sie, was der Nachbar in der Küche trieb. Der hatte einen Topf mit Wasser auf den Herd gestellt, durchwühlte die Schränke und fand, was er suchte.

Nach wenigen Minuten duftete ein angenehmes Aroma durch das Zimmer. Dann kam Herr Kern mit einem Tablett, darauf standen Tee, eine Zukkerdose sowie Milch mit Honig. Er ließ sich auf dem Sofa dich neben Elisabeth nieder. Die Fürsorge tat ihr gut. Kern nahm ihre Hand, streichelte sie und sprach leise auf sie ein. »Liebe Elisabeth, ich weiß, wie sehr Sie gelitten haben müssen. Ich verspreche Ihnen, immer für Sie da zu sein.«

Dabei schaute er ihr so tief in die Augen, daß ihr doch etwas mulmig wurde. Ein Kloß saß in ihrem Hals, die Tränen brannten in ihren Augen. Sie hätte sich so gerne dem lieben Nachbarn anvertraut, doch das ging nicht, denn dann hätte sie sich verraten, und das konnte sie sich beim besten Willen nicht erlauben.

Deshalb erzählte sie, stockend zwar, daß sie sich über eine Maus so erschreckt habe, daß sie dabei über eine Kiste stolperte und in Panik geriet.

»Ich weiß, meine Liebe, es muß schrecklich für Sie gewesen sein«, dabei rückte er noch ein Stück näher. Sie spürte seinen Atem an ihrer Wange, der nach Zigaretten roch. Sie wollte wegrücken, doch sie lag schon so eng an dem Kopfende, es ging nicht mehr weiter. Als er sich über sie beugte, um ihr einen Kuß auf den Mund zu drücken, spürte sie die harte Männlichkeit, die sich gegen ihren Bauch preßte.

Sie schob ihn energisch und bestimmt weg. Er schien es gar nicht zu bemerken. Sie wand den Kopf zur Seite, seine Lippen berührten nicht die ihren, sondern das Kissen, auf dem sie lag. In Elisabeth wuchs der Zwiespalt. Was machte sie nun? Einerseits hätte sie sich dem Nachbarn gerne anvertraut, doch andererseits wäre dann alles umsonst gewesen, denn wenn sie ihm sagte, daß *sie* kein Verhältnis wollte, dann war es wirklich aus.

Abgewiesene Männer waren zu allem fähig, und das konnte sie nicht riskieren, deshalb meinte sie sanft: »Lieber Herr Kern, Sie sind wirklich sehr nett und haben sich rührend um mich gekümmert. Aber bitte haben Sie Verständnis, ich bin noch so durcheinander. Es war in letzter Zeit alles etwas viel, was auf mich eingestürmt ist. Bitte haben Sie etwas Geduld, ja?«

»Aber sicher, liebe Elisabeth, das verstehe ich«, er rückte von ihr ab.

Elisabeth atmete auf. Deine Fürsorge habe ich dankbar angenommen, dachte sie, aber wenn du denkst, du kannst mich bei der nächsten Gelegenheit flach legen, dann bist du auf dem Holzweg, Junge. Denn ich liebe einen anderen. Schließlich habe ich einen alten Sack vom Hals und einen weiteren kann und will ich mir nicht leisten. Doch laut sagte sie: »Lieber Herr Kern, ich danke Ihnen für die liebevolle Fürsorge. Es hat mir gut getan, aber jetzt können Sie mich getrost alleine lassen. Wenn etwas sein sollte, dann weiß ich ja, wo ich Sie erreichen kann.«

Kern verzog sich endlich Richtung Nachbarhaus.

»Puh«, stöhnte Elisabeth wieder ganz Frau der Lage, »nee Herr Kern, wenn es sich vermeiden läßt, dann werde ich dich nicht mehr rufen.«

Nachdem Herr Kern endlich verschwunden war, konnte sie immer noch nicht begreifen, was eigentlich um sie herum vorging. Etwas stimmte ganz und gar nicht. Das konnte sie geradewegs fühlen, doch greifen konnte sie es nicht, noch nicht. Als es dunkel wurde, hatte sie sich etwas beruhigt, aß eine Kleinigkeit und ging früh zu Bett.

Kommissar Steiner brütete über einer Diebstahlakte, als es sehr leise an der Tür klopfte. Doch es konnte noch so leise sein, Steiner hörte und sah alles, deshalb kam sein »Herein!« um so lauter. Was er vor sich sah, hob seine Stimmung enorm, zumal er mit Roswitha immer noch im Clinch war. Strahlend erhob er sich schwerfällig, er war ja schließlich nicht mehr der jüngste, nur sein Geist für schöne Frauen war immer noch sehr rege.

»Junge Dame, was kann ich für Sie tun? Setzen Sie sich doch.«

Die besagte junge Dame war verlegen und nervös, doch dann faßte sie sich ein Herz und stellte sich vor. »Mein Name ist Monika Häusel. Wissen Sie, Herr Inspektor, ich bin nicht von hier, aber mein Bruder wohnt hier, das heißt, er wohnte. Ach, ich weiß auch nicht so genau, wo er ist. Auf jeden Fall ist er seit einiger Zeit spurlos verschwunden, und da dachte ich, vielleicht ist ihm etwas passiert. Wissen Sie etwas über seinen Verbleib, ich meine, ist er verunglückt?«

Die Anrede Inspektor hob Steiners Stimmung noch mehr, doch er sah keinen Anlaß, dies zu korrigieren, sondern war ganz Ohr.

»Sie wollen also Ihren Bruder, ach, wie heißt er doch gleich, als vermißt melden?«

»Ja, so ist es. Mein Bruder heißt Gerold Häusel, ist 41 Jahre alt und wohnhaft in Alfter bei Bonn.« Nachdem sie noch das Geburtsdatum, die Straße und den Arbeitgeber genannt hatte, bat Steiner um etwas Geduld.

»Frau Häusel, es wird nicht lange dauern, warten Sie bitte, ich sehe einmal nach, ob sich in letzter Zeit ein Unfall ereignet hat, auf den die Beschreibung Ihres Bruders paßt.«

Mühsam wurschtelte er sich einen Weg durch die Datenbank des Computers. »Alles neumodischer Kram«, schimpfte er, »früher war alles einfacher und heute muß ich noch so einen Scheiß lernen.« Nach etlichen Versuchen, die länger als geplant dauerten, klappte das gewünschte Menü endlich auf.

»Da ist sie ja«, sagte er stolz, »na, dann wollen wir mal sehen, was der Computer uns erzählen kann. Ihm standen Schweißperlen auf der Stirn. Doch der gesuchte Herr Häusel war nicht auf der langen Liste aufgeführt.

»Frau Häusel, es tut mir leid, aber der Name Ihres Bruders ist hier nicht vermerkt, also kein Unfall. Vielleicht ist er ja nur verreist und hat vergessen, Bescheid zu geben? Sie wissen ja, wenn man ein Schnäpchen oder eine Last-Minute-Reise buchen kann, dann heißt es, nichts wie ab in die Sonne. Er wird sich sicher bald bei Ihnen melden.«

»Vielleicht haben Sie recht, Herr Inspektor.« Ihre Stimme klang wenig optimistisch.

Der nächste Weg führte Monika Häusel direkt zum Flughafengebäude, denn wenn Gerold verreist war, dann mußte er ein Ticket gelöst haben und dies zu erfahren, dürfte ja nicht so schwer sein. Dann wäre sie beruhigt und könnte wieder schlafen. Es war noch nie vorgekommen, daß ihr Bruder ohne eine Nachricht so einfach von der Bildfläche verschwand. Mit solchen Gedanken traf sie endlich im Köln-Bonner Flughafengebäude ein.

Nach mühevoller Parkplatzsuche hatte sie es geschafft und stand total erschöpft inmitten sonnenhungriger Menschen, die allesamt nur ein Ziel hatten: Endlich raus aus der Kälte und ab in die Sonne. Sie schlängelte sich zwischen den Reisenden, die in Dreierreihen an etlichen Schalter standen, hindurch. Na, das kann ja heiter werden, dachte Monika, wenn ich endlich einen Schalter erreicht habe, dann ist es Abend. Und wie viele solcher Schalter gab es hier? Jede Menge!

Doch sie hatte sich ein Ziel gesetzt und das zog sie nun auch durch. Der Abend war da, einige Schalter hatte sie erreicht und nur Negatives erfahren. Nein, Herr Häusel hatte nicht gebucht, gab man Auskunft, wenn man ihr überhaupt Auskunft gab und sie nicht gleich abblitzen ließ.

Es war Mitternacht, und die Menschenmenge hatte sich längst gegen Himmel verzogen. Monika stand am letzten Schalter und bekam die letzte niederschmetternde Auskunft.

Was jetzt, dachte sie, was mache ich nun? Ich muß zur Polizei, und wenn die mich für verrückt erklären. Ich weiß, mein Bruder ist zuverlässig und läßt mich nicht ohne Nachricht.

Sie hatte noch nichts gegessen. Also beschloß sie, bis zum Morgen im Flughafengebäude zu bleiben, etwas zu essen, um dann gestärkt nach Bornheim zu fahren und mit Inspektor Steiner zu sprechen.

Steiner hatte eine stürmische Nacht hinter sich und im gewaltigen Zoff mit Roswitha den Kürzeren gezogen.

»Gustav Steiner, wenn du deine Eifersucht nicht im Zaum halten kannst, dann kannst du mich mal!«

Wutentbrannt hatte Gustav sie beschimpft, was ihm im Nachhinein leid tat. Doch da war sie schon ausgeflogen und bis zum Morgen nicht mehr aufgetaucht. Nun plagte ihn sein schlechtes Gewissen. Warum war er bloß so? Sie war doch eine tüchtige Kommissarin und liebevolle Gefährtin. Ja, wenn da nur nicht der gutaussehende Kollege Münch wäre. Bei einem alten Knacker wäre alles in Butter. Er mußte Roswitha unbedingt sofort anrufen, sich entschuldigen. Für den Abend wollte er sich etwas Besonderes einfallen lassen, denn wenn er so weitermachte wie bisher, dann war sie schneller weg, als er sehen konnte. Es klopfte.

»Herein!« brüllte er ungehalten. Doch als Monika Häusel schüchtern, ob dem Gebrüll, in der Bürotür erschien, hellte sich sein Gesicht auf.

»Ach, die junge Dame von gestern. Guten Morgen! Wie geht es Ihnen, haben Sie etwas erfahren können?«

Steiner überschlug sich geradezu vor Höflichkeit, zumal die junge Dame ihn so treu und ergeben ansah, daß er dahinschmolz. Er, der Scheibenkleister-Gustav, wurde sanft wie ein Reh. Hätte ihn Roswitha so gesehen, hätte sie ihm die Bratpfanne über den Schädel geschlagen.

Monika Häusel schilderte, was sie in der Nacht unternommen hatte. Dabei kullerten Tränen aus ihren schönen braunen Augen.

»Ach Frau Häusel, das tut mir alles so leid«, tröstete Kommissar Steiner, »was kann ich denn für Sie tun?«

Er stand auf und bot ihr ein Glas Wasser an. Dabei berührten sich zufällig ihre Hände und ein Blitz durchzuckte Gustav. Er hatte das Gefühl, als wenn er in Feuer gegriffen hätte, doch Monika Häusel hatte davon nichts mitbekommen. Sie schwelgte in Tränen und Kummer um ihren Bruder. Gustav sah sie fasziniert an, doch dann schalt sich: »Du alter Esel, wie kannst du nur und dann auch noch im Dienst«. Er räusperte sich, nahm Abstand und erinnerte sich an seine dienstlichen Pflichten.

»Na, dann wollen wir mal eine Vermißtenanzeige anfertigen, Frau Häusel.« Er setzte sich an seine Schreibmaschine und tippte mit einem Finger die nötigen Angaben auf ein Formular. Als es endlich geschafft war, zog er den Bogen aus der Maschine und legte ihn Monika Häusel zur Unterschrift vor.

Dann erklärte er ihr, wie so eine Polizeimaschinerie funktioniert. Aufmerksam und andächtig hing Monika an seinen Lippen. Als Gustav dies bemerkte, war es auch schon zu spät. Es hatte ihn erwischt und zwar mächtig. Er hatte Mühe, sich zu konzentrieren, und er schalt sich zum zweiten Mal an diesem Tag, ein Esel zu sein.

»Frau Häusel, Sie hören von uns, Ihre Anschrift habe ich ja. Sie wohnen doch zur Zeit in der Wohnung Ihres Bruders?«

»Ja, Herr Inspektor.«

Nun sah sich Gustav Steiner genötigt, den Inspektor aufzuklären, doch Monika lächelte sanft.

»Das macht für mich keinen Unterschied, Herr Steiner, danke für Ihre Mühe und auf baldiges Wiedersehen.«

Bei diesem Satz hüpfte Gustav das Herz buchstäblich in die Hose. Ist sie oder ist sie nicht?

Doch als Monika aus seinem Blickfeld entschwunden war, schalt er sich ein drittes Mal einen alten Esel. Die macht sich nur Sorgen um ihren Bruder, deshalb freut sie sich, von mir zu hören. Dann kam noch Scheibenkleister hinterher, und Gustav war wenigstens für einige Stunden wieder der alte.

Elisabeth wachte schweißgebadet auf. Es war kurz vor dem Morgengrauen. Was hatte sie nur geweckt? Die Glieder schlotterten ihr, die Zähne klapperten, der Alptraum der Nacht hatte sie wieder.

Oh nein, das kann und darf nicht Wirklichkeit werden, schluchzte sie und erinnerte sich an ihren Alptraum. Heribert hatte vor ihrem Bett gestanden, auf sie herab geschaut und böse gesagt: »Na, du Schlampe, du hast mich nicht auf dem Gewissen. Ha, ha, ich war schlauer als du. Dein Plan ist nicht aufgegangen, aber dafür meiner. Ha, ha.« Hämisch lachend hatte er vor ihrem Bett getänzelt, nannte sie Schnepfe, Zicke, alte Kuh. »Keiner kriegt mich, ich bin ein Fuchs, der hat einen Bau. Da findet mich niemand, und deinen Schnösel, diesen Gerold, ha, ha, den kannst du lange suchen. Der ist auch fort, genauso wie ich. Nur der war kein Fuchs wie ich, der war dumm, zu dumm für mich, das ist dein Pech.«

Was sollte der Traum bedeuten? Woher wußte Heribert von Gerold? Sagen solche Träume nicht etwas über die Wirklichkeit aus?

Elisabeth war mit den Nerven am Ende. Niemandem konnte sie sich anvertrauen, ohne sich zu verraten. Was sollte sie tun? Gerold, ich muß ihn finden! Mit diesem Gedanken schüttelte sie den Traum ab, der sie verunsichert hatte und ihr panische Angst zugefügt hatte.

Nachdem sie eine heiße Dusche genommen hatte, faßte sie einen Plan. Sie würde Gerold bei seiner Schwester suchen, denn daß er eine hatte, wußte sie. Er hatte erwähnt, daß sie in Freudenstadt im Schwarzwald lebt und einen Job als Bankangestellte innehat.

Nur um welche Bank es sich handelt, wußte sie nicht, aber das war ihr egal. Sie würde einfach nach Freudenstadt fahren und sämtliche Banken aufsuchen. Leider wußte sie auch die genaue Adresse, wo sie wohnte, nicht. Gerold hatte es ihr nicht gesagt.

Nach diesen Zukunftsplänen ging es ihr schon besser. Sie genoß ihren Morgenkaffee und beschloß, so schnell wie möglich die Sache in Angriff zu nehmen. Vielleicht war Gerold ja bei seiner Schwester? Vielleicht war diese ja krank, und deshalb konnte sie ihn nicht erreichen. Ach, jetzt war ihr wohler, und froh gelaunt marschierte sie zum Grab ihres Heribert.

»Na, mein Alter, wie geht es dir da unten in der Finsternis? Mir geht es sehr gut ohne dich, und wenn du denkst, du kannst mich noch im Traum ängstigen, dann hast du dich geschnitten, Heribert. Du hast mich lange genug geärgert und beschimpft. Jetzt fängt für mich ein neues Leben an. Hörst du mich da unten, du widerlicher Egoist!«

Am liebsten hätte sie auf seinem Grab getanzt, doch wegen der Nachbarn konnte sie nur flüstern. Sollten die sie ruhig bedauern. Ach, die arme Frau Dünkel, die hat es nicht leicht gehabt, und nun ist das Ekel unter der Erde. Und sie hält ihm immer noch die Treue.

Innerlich gestärkt machte sich Elisabeth auf den Heimweg, packte ein paar Sachen und suchte sich die Route in den Schwarzwald auf ihrer Autokarte heraus. Danach rief sie ihren Sohn an, aber Erika, ihre Schwiegertochter war am Apparat.

»Hallo Erika, hier ist Mama. Hör zu mein Kind, ich brauche unbedingt Abstand von all dem Streß. Deshalb fahre ich für ein paar Tage oder eine Woche, ich weiß es nicht so genau, zur Erholung in den Schwarzwald. Die genaue Adresse teile ich euch noch mit, wenn ich angekommen bin. Also, liebe Grüße an Klaus, bis bald.«

Nachdem ihre Schwiegertochter einen erholsamen Kurzurlaub gewünscht hatte, legte Elisabeth beschwingt den Hörer auf die Gabel. So, und nun nichts wie weg. Tschüß Heribert, träume deine Alpträume alleine! Damit fuhr sie ihr Auto wie immer rasant aus der Ausfahrt, vorher hatte sie sich vergewissert, daß alle Türen einschließlich Garage abgeschlossen waren, gab Gas, und hatte im Nu die Autobahnauffahrt Richtung Frankfurt erreicht. Die eiserne Reserve und das Scheckheft hatte sie vorsorglich in ihrer Handtasche deponiert. Man kann ja nie wissen, war ihre Devise.

Die Fahrroute hatte sie sich eingeprägt. Vor Frankfurt mußte sie die Autobahn in Richtung Karlsruhe weiterfahren, dann hieß es auf die Hinweisschilder achten, denn sie wollte bis Baden-Baden. Als sie das geschafft hatte und endlich das heiß ersehnte Ziel näher rückte, war sie stolz wie nie zuvor. **Sie** hatte es alleine geschafft, bis hierhin zu gelangen. Wenn Heribert dies sehen könnte, würde er vor Neid erblassen - und sie trotzdem eine dusselige Kuh nennen. Ein seltener Glücksfall, würde er abwertend sagen.

Endlich kam Baden-Baden. Sie mußte noch eine Schnellstraße durch die Stadt passieren, dann links abbiegen, wieder eine Schnellstraße, so das war auch geschafft. Freudenstadt lag vor ihr, die wunderschöne Kurstadt, wie sie aus Erzählungen wußte. Als sie durch die Stadt fuhr und ein Parkhaus suchte, wurde ihr klar, was sie alles in ihrem Leben verpaßt hatte. Sie parkte am Rande einer Einkaufsstraße, nahm ihre Tasche und wollte sich zuerst beim Kurhaus nach einer Pension erkundigen.

Kommissar Steiner waltete seines Amtes. Nachdem er die Vermißtenanzeige kopiert hatte, wollte er sie per Fax an sämtliche Dienststellen im Umkreis übermitteln. Fast schon hatte er das Fax gestartet, als ihm ein Fehler auffiel: »Wo ist denn das Bild des vermißten Gerold Häusel, Kollege Wünschel?«

Der schaute perplex aus der Wäsche und wußte überhaupt nicht, worum es ging. Das war natürlich für Steiner ein gefundenes Fressen.

»Wofür werden Sie überhaupt bezahlt?« schrie er den armen Wünschel an. »Alles muß man selber machen!«

Dabei war er es doch gewesen, der sich um die junge Dame gekümmert hatte. Doch sein Ego war angekratzt, da mußte eben ein Sündenbock her.

»Ich fahre jetzt zu Monika Häusel, Herr Kollege. Wenn Sie schon nicht in der Lage sind, mitzudenken, dann mache ich es eben selber.«

Mit diesen Worten entschwand Kollege Steiner, setzte sich in sein Dienstfahrzeug und war gar nicht abgeneigt, die junge Dame wiederzusehen. Vielleicht, so dachte er, habe ich ja Chancen. Man sollte die Hoffnung eben nie aufgeben. Diese Gedanken hellten seine Stimmung enorm auf.

Als er vor dem Haus in der Maiersgasse stand, sich die klammen Hände heimlich an seiner Hose abrieb, kam ihm Roswitha in den Sinn. Er hatte sie immer noch nicht angerufen, um sich zu entschuldigen. Ach, was soll es, dachte er. Die amüsiert sich auch ohne mich. Steiner, gib deinem Herzen einen Stoß und drücke auf den Klingelknopf. Er hatte den Finger gerade von der Klingel genommen, als sich die Tür auch schon öffnete.

»Hallo Herr Kommissar, schön Sie zu sehen. Kommen Sie doch bitte herein, das freut mich aber.«

Steiner klopfte das Herz bis zum Hals, als er Monika die Hand gab. Ein elektrischer Stromstoß durchzuckte seinen ganzen Arm. Schon wieder, dachte er, dann räusperte er sich und mußte schnell zur Sache kommen, denn die Situation wurde für ihn langsam aber sicher gefährlich.

»Frau Häusel«, begann er das Gespräch, »leider habe ich vergessen, nach einem aktuellen Foto ihres Bruders zu fragen. Das brauchen wir noch für die Vermißtenanzeige. Die Presse wird auch informiert. Bitte, können Sie mir ein Foto geben?«

»Aber sicher, lieber Herr Steiner. Augenblick, ich schaue mal in meiner Handtasche nach.«

Nach wenigen Sekunden kam sie zurück und übergab Steiner ein Paßfoto. »Ist er nicht ein schöner Mann, mein Bruder?«

Das mußte Steiner bejahen, der Mann sah verdammt gut aus.

Monika bot ihm einen Kaffee an, den Steiner liebend gerne annahm. So hatte er noch einen Grund, etwas zu verweilen, und er hing an ihren Lippen wie ein Schuljunge. Doch dann besann er sich auf seine dienstlichen Pflichten.

»Frau Häusel, ich muß leider. Der Dienst ruft, aber ich melde mich, sobald ich etwas in Erfahrung gebracht habe.«

Nachdem sie ihn bis an die Tür begleitet, sich herzlich für den Besuch und seine Bemühungen bedankt hatte, stieg Steiner mit einem wehmütigen Lächeln in sein Auto. Ach Roswitha, wo war die Zeit der Liebe und Zuneigung geblieben, ist sie für uns vorbei oder nicht? Dann sah er Monika vor sich, und sein Herz machte einen Hopser. Vielleicht gab es für ihn doch noch eine neue Liebe. Mit diesem Durcheinander seiner Gefühle traf Steiner auf dem Revier in Bornheim ein.

Kollege Wünschel übergab ihm einen Zettel. »Für Sie, Herr Steiner, es ist dringend.«

Steiner nahm den Zettel und darauf stand: „Gustav, rufe mich an, sobald du da bist. Roswitha." Steiner nahm den Hörer von der Gabel, wählte die Nummer der MK, die er schon x-mal gewählt hatte und wartete. Dann kam ein Tut - Tut, und Herr Münch meldete sich.

»Münch, MK Bonn.«

»Hier Steiner, ich sollte Roswitha dringend anrufen, also, wo ist sie?«

Münch schmunzelte in sich hinein. Steiner hatte mal wieder einen Ton am Leib. Na ja, sollte nicht sein Bier sein, deshalb übergab er schnell den Hörer an Roswitha.

»Ja bitte«, meldete sie sich.

»Gustav hier. Also, was ist so wichtig, daß ich sofort anrufen muß!«

»Ach Gustav, es tut mir so leid, aber ich habe keine guten Nachrichten. Heute abend bin ich leider nicht zu Hause. Ich muß dringend nach Berlin, dienstlich natürlich. Aber in ein oder zwei Tagen bin ich wieder da. Dann verspreche ich dir, mindestens zwei Tage Urlaub zu nehmen und dich zu verwöhnen.«

Gustav schwoll der Kamm. In seinem Inneren wütete es. Er konnte sich nicht beherrschen, deshalb kam es um so deftiger heraus: »Ach, so ist das. Kollege Münch ist wohl mit von der Partie, oder irre ich mich da?«

»Nein«, kam es kleinlaut von Roswitha. »Münch fährt mit. Aber Gustav, versteh doch, es ist wirklich dringend und......« Weiter kam sie nicht.

Steiner brüllte voller Eifersucht durch die Leitung: »Roswitha, wenn du jetzt fährst, dann ist es aus, aus und vorbei. Es reicht, hast du das begriffen?« Er knallte den Hörer so wutentbrannt auf die Gabel, daß es schepperte und das Telefon den ganzen Tag keinen Ton mehr von sich gab.

»Auch egal«, schimpfte Steiner, »dann klingelt das blöde Ding auch nicht mehr, und ich habe meine Ruhe.«

Doch wie er das seinem Chef, Oberkommissar Hirsch, erklären sollte, war ihm schleierhaft. Wünschel mußte wieder einmal dafür herhalten.

Der junge Polizist saß unschuldig hinter seinem Schreibtisch und suchte verzweifelt nach Diebstählen in der Vergangenheit. Als er zum Telefon greifen und wählen wollte, machte es nur Klick - Klack. »Was ist das denn? Herr Steiner, der Apparat funktioniert nicht mehr.«

»Warum nicht, Wünschel? Haben Sie auch vergessen, wie man ein Telefon bedient?« schnaubte Steiner. »Alles Schwachköpfe um mich herum.«

Ein Sündenbock war gefunden und seine Stimmung stieg.

»Was jetzt?« fragte Wünschel unterwürfig.

»Was wohl«, knurrte Steiner, »gehen Sie zum Chef, melden Sie den Schaden und fragen Sie in der Zentrale nach, ob die Ersatz für uns haben. Also, worauf warten Sie noch?«

Derweil stand Elisabeth im Kurhaus in Freudenstadt und fragte nach einer guten Pension. Nach einigen Minuten erhielt sie eine ganz passable Adresse. Nicht unweit des Zentrums lag ein wunderschönes Haus, im Obergeschoß gab es ein geräumiges Zimmer, und die Wirtsleute waren sehr freundlich und hießen sie auf Schwäbisch herzlich willkommen.

»Wenns Ihne zu kalt ischt, Frau Dünkel, dann bringe ich noch Decken. Angenehmen Aufenthalt bei unsch. Es Wetter ischt au gut in diesem Jahr.«

Dann ließ sie Elisabeth endlich alleine. Sie packte ihre Sachen aus und wollte sich die Stadt ansehen. Essen mußte sie auch noch, und bei der Gelegenheit konnte sie auch die Banken aufsuchen, die in der Nähe lagen.

In einem guten Restaurant genehmigte sie sich Spätzle mit Forelle blau und einen guten Tropfen Wein. Nachdem sie so gestärkt war, hieß es: Auf in den Kampf. Direkt neben dem Restaurant war die Schwäbische Sparkasse. Das traf sich gut, nichts wie rein und fragen.

»Eine Monika Häusel arbeitet leider nicht hier«, bekam sie zur Antwort. »Versuchen Sie es doch bei der Schwäbischen Volksbank.« Auch Fehlanzeige. Bis 18 Uhr hatten die Banken offen, es war bereits 17.30 Uhr, und Elisabeth war so schlau wie vorher. Sie beschloß erst einmal, in ihre Pension zu gehen. Als Betthupferl erwarb sie die berühmten Schokoladentannenzapfen aus dem Andenkenladen, sowie Schwarzwälder Schinken, den wollte sie unbedingt noch kosten.

So bepackt kam sie in ihrer Pension an. Die Wirtin lauerte in der Tür.
»Habens schon was Leckeres zum Naschen gefunden?«
Dabei sah sie ebenso schnell wie neugierig in die Tüte.
»Aber Frau Dünkel, warum sagens denn nichts? Wir habe doch alles hier. Und das Brot, selbstgebacken, das müssens von mir probieren.« Dabei drückte sie Elisabeth einen Leib Brot samt Besteck und Teller in die Hand, wünschte Guten Appetit und entschwebte.
Hoffentlich stopft die mich nicht mit allem Möglichen voll, dachte Elisabeth, ich kann selber für mich sorgen. Ein Vormund, das fehlt mir gerade noch.

Am nächsten Morgen war Elisabeth frisch wie nie zuvor. Sie hatte tief und traumlos geschlafen und freute sich auf ein deftiges Frühstück.
Wirtin Häberle begrüßte sie in dem kleinen Frühstücksraum. »Tja, die Frau Dünkel, guten Morgen. Habe Sie gut geschlofe? Möchtens Kaffee mit Milch, oder ein Glas frische Milch zuvor, Käse ischt gut, den müssens probieren, die Wurscht ischt selber gemacht, essens ruhig, soviel Sie wollen. Mei Mann bringt noch mehr.«
Puh, stöhnte Elisabeth innerlich, nett sind die Leute ja, aber auf Dauer ist mir das des Guten

zuviel. Ich muß schnellstens die Bank finden und Gerold erreichen. In Gedanken frühstückte sie reichlicher, als für ihre Figur gut war. Ungesehen konnte sie die Pension verlassen und versuchte ihr Glück bei den Banken der Stadt, die noch in Frage kamen. Nach mehreren Absagen war sie verzweifelt. Meine Güte, wie viele Banken gibt es denn hier bloß?

Mit düsterer Miene betrat sie die nächste Bank, und endlich bekam sie eine freundliche Auskunft. »Ja, die Frau Häusel ist eine unserer Bankangestellten, zur Zeit aber leider in Urlaub.« Elisabeth hakte nach, wohin denn die Kollegin gefahren sei, doch wie Schwaben nun mal sind, fiel die Antwort sparsam aus.

»Frau Häusel fährt nie weit, höchstens zu ihrem Bruder ins Vorgebirge, das liegt im Rheinland bei Bonn. Fernreisen kosten schließlich Geld.«

Ja, ja, sparen, das können die Schwaben, dachte Elisabeth. Ich laufe mir die Füße platt und wofür? Widerwillig hatte man ihr die Adresse gegeben, doch als Elisabeth vor dem Haus stand, in dem die Schwester wohnen sollte, war alles dicht, die Rollos zu und der Briefkasten quoll über. Alles umsonst, dachte sie, der ganze Weg war für die Katz, Gerold war nicht hier. Aber sie ließ sich nicht unterkriegen, kündigte für den nächsten Tag ihr Zimmer und beschloß, der Versicherungsagentur in Bonn nochmals einen Besuch abzustatten. Wäre doch gelacht, wenn sie nicht bald fündig würde.

Sie bummelte den Rest des Tages durch die Anlagen, kaufte sich Kleidung, Süßigkeiten und Geschenke für ihren Sohn und Erika. Außerdem zwei großen Schinken, denn das Original aus dem Schwarzwald schmeckte immer noch am besten.

Die Polizei hatte die Vermißtenanzeige per Fax endlich übermitteln können, dank Steiner, der das Foto noch rechtzeitig der Presse übergab. So stand es am nächsten Tag in großen Lettern in der Zeitung.

**Vermißt wird seit dem 26. Januar Gerold Häusel. Alter 41 Jahre, sportlich 1,87 groß, dunkle Haare. Sachdienliche Hinweise an die Polizei Bornheim oder jede andere Dienststelle.**

Dann folgten die Telefonnummer und Einzelheiten, die die Person des Vermißten betrafen.

Bauer Öllekoven las wie jeden Morgen seinen General-Anzeiger, natürlich zuerst den Lokalteil, denn man mußte doch wissen, was alles in der Region passiert. Die Vermißtenanzeige fesselte ihn. Den kenne ich doch, dachte er, doch, der Kääl kennen ich.

»Marie, komm ens flück, ich jlööv, he es eene ömgebraht wore.«

Marie kam aus der Küche, putzte sich die Hände an ihrem bunten Kittel ab, denn sie hatte gerade Bohnen aus dem Keller geholt und gewaschen.

»Wat schreist du dann esu, du weckst jo de janze Stroß ob.«

»He, lur de dat ens aan, der Kääl do, der kenne me doch.«

»Na un? Wat sääht dat schon. Mir kenne vell Lück und der do, dat es eene Versicherungsfritze, der hät uns doch die Versicherung für der Burehoff verkooft.«

Damit hatte Marie ihren Beitrag zur Vermißtenanzeige geleistet und widmete sich in der Küche den sauren Bohnen, Paul Öllekovens Lieblingsgericht. Marie legte die Bohnen im Sommer selber ein. Das war eine Heidenarbeit, denn die Stangenbohnen wurden noch mit dem Kartoffelmesser geschnippelt, wie Marie es von ihrer Mutter gelernt hatte. Dann kamen sie in einen großen Steintopf im Keller, darüber Salz und Weinessig, ein Tuch obenauf und einen Stein, der alles luftdicht hielt. So konnten die Bohnen gären, und im Winter gab es eben saure Bohnen zu essen. So machte sie es auch mit dem Weißkohl, daraus wurde nach einiger Zeit eben der sure Kappes.

Ihr Bauernhof lag in Alfter direkt am Waldrand. Wenn sie den Feldweg rechts neben ihrem schönen Hof benutzten, kamen sie auf die Straße, die nach Heimerzheim führte. Oberhalb des Hofes lag der berühmte Wasserturm und die Felder, die Marie mit ihrem Paul alleine bewirtschafteten. Beide waren zwar nicht mehr die jüngsten, knapp an die sechzig, doch Landluft und gesunde Ernährung ließen ihre Gesichter rosig aussehen. Und wenn sie dabei etwas korpulent waren, wen störte das schon? Marie stand auf dem Standpunkt: »Wer jut arbeitet, der muß och tüchtig esse könne.«

Dies zu beweisen, stand sie nun in der Küche. Paul Öllekoven jedoch wurmte es, daß er nicht wußte, was nun eigentlich los war. Der Versicherungsfritze, wie Marie ihn nannte, war verschwunden. Dabei wohnte der doch bei ihnen im Dorf. Wieso wees dat he keener, dachte er, in dem kleene Dörp weis doch sons jeder, wat passet es, äver nä, die Lück han all keen Zick mir für die Minschheit.

Immer wieder schüttelte er den Kopf, konnte sich aber nicht erinnern, wo und wann er den Herrn Häusel gesehen hatte. Er grübelte noch eine Weile, dann gab er es auf. Irgendwann würde es ihm wieder einfallen, da war er sich ganz sicher. Wenn auch sein Gedächtnis nicht mehr so flott war wie früher, mit der Zeit war ihm immer noch alles wieder eingefallen.

Elisabeth fuhr wieder Richtung Heimat. Noch 200 Kilometer zeigte die Tafel oberhalb der Autobahn an, dann war sie endlich im Rheinland.

Nach knapp vier Stunden hatte sie es geschafft, sie fuhr das letzte Stück Autobahn von Bonn nach Wesseling, Abfahrt Bornheim hinaus.

»So, das wäre geschafft«, stöhnte Elisabeth und kurvte ihren Hörby gekonnt durch Waldorf, nahm die Einfahrt rasant wie immer und schaltete den Motor aus. »Braver Hörby, bist doch der beste«, lobte sie ihren alten klapprigen VW.

Sie war kaum ausgestiegen, also ihr auch schon Nachbar Kern an den Fersen hing.

»Tag Frau Dünkel, waren Sie in Urlaub? Der Briefträger hat ein Päckchen für Sie bei mir abgegeben. Warten Sie, ich hole es schnell.« Er sauste flugs wie der Wind ins Haus und kam mit der Sendung zurück.

»Danke, Herr Kern, Sie sind sehr nett.«

Damit ließ sie den Nachbarn stehen, ohne seine Frage beantwortet zu haben. Für ihren Geschmack war Nachbar Kern etwas zu neugierig. Das Päckchen allerdings machte sie sehr neugierig. Was mochte es enthalten? Wer schickte ihr so etwas? Auf dem Päckchen war kein Absender zu erkennen, aber es war eindeutig für sie bestimmt, denn Name und Adresse stimmten.

Gerold schoß es ihr durch den Kopf. Er will mir eine Freude machen. Ich wußte es, er hat mich nicht vergessen. Sie ließ ihre Handtasche nebst Reisetasche einfach auf den Boden fallen, verzog sich schnell in die Küche, nahm ein Küchenmesser, und im Nu war die Kordel durchschnitten, Papier ab, Deckel auf. Was dann kam, versetzte ihr einen gehörigen Schock.

Doch nicht nur Elisabeth war erschüttert, Kommissar Steiner war es ebenfalls, denn aus ein, zwei Tagen wurde für Roswitha Schulze eine ganze Woche harte Arbeit fernab von Bonn und Bornheim. Wie das Leben eben so spielt. Gustav war sauer, Kollege Münch dagegen fröhlich. Bei einem Glas Rotwein zur Entspannung von einem arbeitsreichen Tag kamen sich Roswitha und Münch näher als beabsichtigt. Münch war ein geselliger Mann, er brachte Roswitha zum Lachen, wenn ihr zum Weinen war, er hatte Humor und jenen jugendlichen Elan, den Roswitha bei Gustav vermißte. Schneller als die Polizei erlaubt, hatte sie sich in ihn verliebt.

Als sie gesellig zusammensaßen, bot Münch ihr das Du an, und Roswitha, schon durch drei Glas Wein etwas benebelt, ließ sich hinreißen.

Dann folgte der obligatorische Brüderkuß, es machte Summ, und beide landeten gewollt oder auch nicht, eben da, wo es eigentlich nicht enden sollte. Am nächsten Morgen kam für Roswitha die Ernüchterung, als Münch ihr gestand:

»Du Roswitha, ich habe mich schon damals, weißt du noch, in Frankfurt, als wir im Rotlichtmilieu recherchiert haben, in dich verliebt. Aber ich wußte ja, du warst mit Steiner zusammen, und ich wollte nichts zerstören. Aber wie ich die Dinge jetzt sehe, ist wohl nichts mehr mit Gustav, oder?«

Roswitha wurde nachdenklich. Jetzt, wo Münch es ausgesprochen hatte, mußte auch sie sich eingestehen, daß sie und Gustav sich auseinander gelebt hatten. Münch war ihr immer schon sympathisch gewesen, doch an Liebe hatte sie dabei nicht gedacht. Aber nun klopfte ihr Herz und sprach seine eigene Sprache.

Als Roswitha nach einer Woche in die gemeinsame Wohnung kam, saß Gustav scheinbar gemütlich auf dem Sofa. »N´abend. Na, wie war es in Berlin?« Er bemühte sich, seine aufgestaute Wut im Zaum zu halten.

»Ganz nett«, gab Roswitha freundlich zur Antwort, »wir hatten Erfolg!«

Sie stellte den Koffer ab und hing ihren Mantel auf den Haken.

»Schön ....«, meinte Gustav gedehnt und beobachtete sie. Roswitha wich seinem bohrenden Blick aus.

»Ganz nett? Wie nett? Kannst du mir das näher erklären?«

Roswitha fummelte immer noch an ihrem Mantel.

»Ehm, ach Gustav, erzähle mir lieber, was du in meiner Abwesenheit alles erlebt hast.« Sie flitzte in die Küche. Gustav stand auf und stellte sich in die Tür. »Komm, setz dich zu mir, Roswitha, ich möchte mit dir reden. Schließlich warst du eine ganze Woche unterwegs.« Bei diesen Worten ließ er sie nicht aus den Augen.

Roswitha lachte verlegen. »Laß mich doch zuerst einen Kaffee trinken, die Reise war schließlich ziemlich anstrengend.«

Da war etwas passiert, er spürte es deutlich. Ihre aufgedrehte und hektische Art machte ihn wahnsinnig. Sein kriminalistischer Instinkt siegte über seine Wut. Das hier war nicht die Roswitha, die er kannte.

Nachdem er sie noch ein Weile beobachtet hatte, klopfte er auf das Sofa.

»Roswitha, komm, setz dich zu mir und laß endlich die Herumrennerei!«

Hatte er seinem Ton zuviel Schärfe gegeben? Roswitha jedenfalls zuckte zusammen und warf ihm einen kurzen Blick zu.

Dann saßen sie auf dem Sofa. Gustav ließ Roswitha zappeln, sagte kein Wort und wartete darauf, daß sie endlich loslegte.

Die Pause wurde unerträglich, aber es war Steiners Taktik, sein Gegenüber mürbe zu machen. Irgendwann begann jeder irgendetwas zu sagen, um das Schweigen zu beenden. Allerdings kannte auch Roswitha diese Tricks. Doch es nützte nichts. Irgendwann räusperte sie sich umständlich.

»Gustav, die Sache ist nicht so einfach zu erklären, aber ich will es versuchen.« Dann schilderte sie, was sich in Berlin ereignet hatte.

Gustav hatte Mühe, sich zu beherrschen, als er hörte, was Rowitha in Berlin getrieben hatte. Sein Ego war angekratzt und er wußte, daß er das Spiel verloren hatte. Münch war jung, dynamisch, sportlich, er hatte ihr diesbezüglich mehr zu bieten, und das frustrierte Gustav noch mehr.

Roswitha stand auf. »Gustav, es war ein Fehler, aber können wir nicht alles vergessen, wir sind doch ein gutes Team.«

Doch in Gustav tobte der Sturm. Münch hat sie gehabt, ich kann es nicht ertragen. In seiner Verzweiflung steigerte er sich dermaßen in Wut, daß er plötzlich losbrüllte und Roswitha erschrocken zurückwich.

»Roswitha, es ist zwecklos, ich habe auch keine Lust mehr auf Diskussionen, es führt doch zu nichts. Verschwinde! Aber schnell!«

»Es tut mir leid, Gustav. Was ist nur aus unserer Liebe geworden?« fragte sie leise.

»Das fragst du mich?« schrie Gustav voller Wut. »Bin ich etwa fremd gegangen?«

Wütend knallte er die Schlafzimmertür hinter sich zu und warf sich aufs Bett. Er war zu weit gegangen, und er verfluchte sich selbst. Warum war sein Ego und sein Temperament bloß wieder mit ihm durchgegangen? Roswitha hatte ganz recht. Er war unausstehlich geworden. Kein Wunder, wenn sie sich einen anderen suchte. Warum hatte er bloß nicht ruhig mit ihr darüber reden können? Sein schlechtes Gewissen nagte an ihm und er stand auf, um sich mit ihr auszusprechen. Als er ins Wohnzimmer kam, lag auf dem Tisch ein Zettel.

**Gustav, verzeih mir!**
**Ich habe Dich geliebt.**
**Lebe wohl! Roswitha.**

Er fiel beim Anblick der Zeilen auf einen Sessel und begann zu heulen.

Elisabeth Dünkel sank beim Anblick des Inhaltes, das aus dem Paket lugte, auf den Boden, die Knie gaben einfach nach. Der Schrei, der ihr in der Kehle saß, kam nicht heraus. Ihre Zunge, der Gaumen, alles war wie gelähmt. Sie war nicht fähig, sich zu bewegen, geschweige denn zu denken. In ihrem Innern hämmerte es nur: »Aus, vorbei, alles umsonst, aus, aus, aus!«

»Frau Dünkel, ist alles in Ordnung? Darf ich reinkommen?«

Kern! Der hatte ihr gerade noch gefehlt.

Geistesgegenwärtig beförderte sie das Paket samt

Inhalt mit einem Fußtritt unter das Sofa und versuchte sich zu beruhigen.

»Nein, nein, Herr Kern. Es geht schon wieder.« Die Tür schob sich auf. Nachbar Kern sah sie an. »Wirklich? Ich dachte .... Es ist alles sehr schwer für Sie, aber die Zeit wird alle Wunden heilen, glauben Sie mir. Kann ich etwas für Sie tun?«

»Nein. Ich werde mich etwas hinlegen, vielen Dank.« Sie komplimentierte ihn hinaus und schloß die Tür. Durch die Gardinen sah sie ihn auf der Straße stehen, wie er heraufstarrte. Kern ging ihr langsam aber sicher auf die Nerven. Er war anhänglich wie eine Klette. Sie schloß die Tür ab und legte sicherheitshalber die Kette vor. Schnell holte sie dann den Karton unter dem Sofa hervor und inspizierte nochmals seinen Inhalt. Es waren die Sachen, die Heribert an jenem Tag getragen hatte, als sein Schicksal so ein schreckliches Ende genommen hatte. In ihr war alles eiskalt, selbst das Herz war aus Stein, als sie die einzelnen Stükke in die Hand nahm. Die Windjacke und seine Strickmütze. Sie mußte sich festhalten. Heribert, selbst im Tod willst du mich noch fertig machen? Aber vielleicht gibt es eine logische Erklärung für dieses Paket? Vielleicht hat ein Team von der Spurensicherung die Sachen gefunden und ihr nach angemessener Zeit zugesandt. Aber nein, das konnte auch nicht sein. Heribert war doch zur Unkenntlichkeit verbrannt.

Aber für Rätselspiele hatte sie auch keine Zeit. Sie wollte sich für einen weiteren Versicherungsbesuch bereitmachen und nicht locker lassen, bis man ihr die Begünstigte der Lebensversicherung nannte. Der würde sie dann die Hölle heiß machen, so wie Heribert es bei ihr all die Jahre getan hatte. Dieser Person sollte die Lust am Geld schnellstens vergehen.

In der Vermißtenangelegenheit Gerold Häusel hatte sich noch nichts ergeben. Kein Hinweis aus der Bevölkerung, rein gar nichts. Das wurmte natürlich Kommissar Steiner sehr, zumal er die Schwester von Häusel gerne wiedersehen wollte. Aber was konnte er ihr sagen? Er nahm sich noch einmal die Vermißtenakte vor, las die Einzelheiten durch. Hatte denn Häusel keine besonderen Merkmale? Merkmale, die auffallend waren? Ein Muttermal, eine Warze? Da mußte er noch einmal nachhaken, und der Gedanke an Monika Häusel, die er jetzt aufsuchen wollte, stimmte ihn froh.

»Wünschel, ich muß dienstlich nach Alfter in die Maiersgasse. Es betrifft die Angelegenheit Häusel. Hätten Sie nicht geschlafen, dann könnte ich mir den Weg ersparen.«

Wünschel war sich keiner Schuld bewußt und öffnete den Mund für eine Gegenbemerkung, aber da war Steiner schon abgerauscht.

Er ging zum Parkplatz, nahm sein Dienstfahrzeug und fuhr nach Alfter, in der Hoffnung, daß die junge Dame auch zuhause war. Beim ersten Klingelzeichen öffnete Monika Häusel so prompt, als hätte sie auf Besuch gewartet.

»Ach, der Herr Kommissar Steiner, schön Sie zu sehen, aber kommen Sie doch herein.«

Das Herz machte bei Steiner einen Flattermann und hopste, als würde es dafür bezahlt. Dann besann sich Gustav auf seine Pflichten.

»Frau Häusel, mir ist da etwas aufgefallen. Hatte Ihr Bruder vielleicht besondere Merkmale, ich meine ein Muttermal oder sonst irgendetwas? Bis jetzt hat sich leider noch kein Hinweis über den Verbleib ergeben. Wenn wir über die Presse besondere Merkmale bekanntgeben, wäre es denkbar, daß sich ein Zeuge meldet, der sich daran erinnert.«

Monika Häusel überlegte und schüttelte dann den Kopf. »Nein, ich kann mich nicht erinnern. Er sieht gut aus, hat blendend weiße Zähne, geht regelmäßig auf die Sonnenbank und ins Fitneßstudio, um seinen Körper fit zu halten. Nein er ist einfach perfekt.«

»Ist er braungebrannt? Sie erwähnten die Sonnenbank.«

»Ja, ziemlich! Als käme er gerade aus dem Urlaub.«

»Tja, das ist nicht viel«, grübelte Steiner. »Wir werden über die Presse nochmals eine Vermißtenmeldung machen. Vielleicht erinnert sich jemand an einen braungebrannten jungen Mann. Der müßte doch auffallen, gerade jetzt im Winter.«

Es juckte ihm gewaltig die Nase, warum konnte er sich nicht erklären, aber es war sein Alarmsignal. Irgend etwas hatte er übersehen, das fühlte er jetzt, nur was war es?

»Ich wünschte, ich könnte Ihre Gedanken lesen«, lächelte Monika Häusel ihn aus ihren Rehaugen vertrauensvoll an.

Gustav kam zu sich und grinste verlegen.

Sie goß ihm Kaffee ein. »Ohne Milch, aber mit viel Zucker, wie Sie es mögen.«

Als sie ihm die Tasse reichte, berührten sich flüchtig ihre Hände und wieder durchzuckte Gustav ein Stromstoß. Er verfluchte sich selbst, aber er konnte es nicht ändern. Er war verknallt in diese junge Frau. Dann sah er plötzlich Roswithas Gesicht vor sich und die gute Laune schwand. Du Esel, Roswitha ist kaum aus dem Haus und du verguckst dich schon in eine Neue. Er trank rasch aus und verabschiedete sich.

»Frau Häusel, ich melde mich, sobald ich etwas weiß.«

Monika brachte ihn bis vor die Tür, gab ihm die Hand, und da machte es schon wieder Summ bei Steiner.

»Bis bald, Herr Kommissar, ich freue mich, Sie wiederzusehen.«

Der elektrische Strom, der Steiners Hand durchzuckte, hielt noch eine Weile an, doch als er sich in Gedanken mit dem Verschwinden des Herrn Häusel beschäftigte, ließ er nach, und der Alltag hatte ihn wieder. Er überlegte, was er übersehen haben könnte, doch auf Anhieb wollte ihm nichts einfallen. Doch seine Nase hatte ihn noch nie betrogen. Als er auf der Wache eintraf, hatte er immer noch keine Lösung für seine Nasenfrequenz parat.

Am nächsten Tag brachten die Zeitungen nochmals eine Vermißtenmeldung über Gerold Häusel.

Bauer Paul Öllekoven las wie immer seinen Lokalteil und rief spontan: »Marie, ich kenne dä Kääl us der Zeidung.«
»Jo, dat häste aat ens jesäät, ever wo der avgebleve es, wesse me och net. Nun loß mich in Ruh.«
»Äver der hat mich doch so strahlend anjelächelt, als der an mir vorbeifuhr, un dat es noch jarnet lang her«, setzte Paul nach.
Doch Marie, sein angetrautes Eheweib, verkniff sich jede weitere Diskussion. Sie hatte zu tun, und wenn der Paul meinte, er hätte den Kerl neulich gesehen, auch gut.

Elisabeth war derweil nach Bonn unterwegs und wollte die Versicherung aufsuchen. Sie brauchte endlich die Gewißheit, daß Heribert tatsächlich ein Verhältnis gehabt hatte, obwohl ihr das Ganze sehr suspekt vorkam. Er und eine Geliebte? Dieser Kotzbrocken, der nicht mal in der Lage war, sich normal zu bewegen, schwerfällig wie war er, ganz abgesehen von seiner Glatze und den O-Beinen. Der sollte eine junge Frau umgarnt haben? Unmöglich. Eine Frau will ausgeführt werden, etwas erleben. War sie zu naiv gewesen, wenn er angeblich zum Skatabend oder in die Kneipe gegangen war? Alles papperlapapp, dachte sie, er hatte doch drei Meter gegen den Wind gestunken, wenn er nachts nach Hause torkelte. Da wird er ja wohl kaum mit seiner Liebsten rumgemacht haben.
Mit diesen Gedanken parkte sie in der Tiefgarage am Bahnhof ein, schloß sorgsam ihren alten VW ab und stiefelte durch das Bonner Loch hoch

Richtung Poststraße und dann zum Bertha-von-Suttner-Platz, denn dort befand sich die Versicherungsagentur.

Wie heißt es doch so schön: Wie du kommst gegangen, so wirst du auch empfangen! Selbstsicher drückte sie die Eingangstüre auf und stellte sich vor die Rezeption.

»Guten Tag, Frau Müller!«

Die junge Frau hinter dem Schreibtisch in der Halle schaute auf. »Guten Tag, Frau ...?«

»Elisabeth Dünkel«, half sie Frau Müller auf die Sprünge, dabei hatte sie vorher schnell auf das Schild am Tresen geschaut. Mal sehen, ob die Leute schneller spuren, wenn man sie mit Namen anredet, als wäre man hier Stammkunde, dachte sie.

»Ja, Frau Dünkel, richtig. Was kann ich für Sie tun?«

Elisabeth erläuterte ihr Begehr und durfte dann ins Allerheiligste vordringen.

Direktor Kneifer begrüßte sie erstaunt und machte ein skeptisches Gesicht, als Elisabeth um den Namen der Begünstigten bat. Er ließ sich die Akte bringen und schüttelte hin und wieder den Kopf, während er sie studierte. Elisabeth verließ der Mut. Natürlich, auch Kneifer mußte sich an die Vorschriften halten. Sie sank in ihren Stuhl zurück und bot ein Bild des Jammers.

Kneifer erbarmte sich schließlich. »Tja, gnädige Frau, ich kann Ihnen nur soviel verraten, daß die Summe über 200.000 DM an die Begünstigte, Frau Sabrina Palm, überwiesen worden ist.« Er schrieb die Adresse auf einen Zettel, steckte ihn Elisabeth Dünkel diskret zu.

»Eigentlich dürfte ich Ihnen die Adresse gar nicht geben. Bitte sagen Sie nicht, daß Sie die Auskünfte von unserer Agentur haben, Sie verstehen mich sicher!«

»Aber ja doch, Herr Kneifer, von mir erfährt niemand etwas, darauf können Sie sich verlassen. Ich danke Ihnen herzlich. Guten Tag, Herr Direktor.«

So, und nun ab nach Hause, dachte Elisabeth, die Adresse habe ich. Der werde ich es zeigen. Mich um mein verdientes Erbe zu bringen. Nee, mit mir nicht, ich hatte den Kotzbrocken all die Jahre am Hals. Sabrina Palm, ich werde dich zur Schnecke machen, darauf kannst du Gift nehmen. Sie hatte bei all den wirren Rachegelüsten nicht bemerkt, daß sie schon am Bonner Loch angekommen war. Sie stieg in ihr geliebtes Auto und gab Vollgas Richtung Vorgebirge.

Als sie in die Einfahrt ihres Hauses kurvte, stand Nachbar Kern an ihrem Tor.

Sie versuchte, einen freundlichen Gesichtsausdruck zu machen.

»Tag, Frau Dünkel! Ich hatte mir Sorgen gemacht, weil Ihre Rollos doch immer noch unten sind.«

»Ach, Herr Kern, das tut mir aber leid, wie lieb von Ihnen, aber ich hatte es sehr eilig heute morgen. Sie wissen doch, daß ich noch jede Menge Papierkram zu erledigen habe, aber es ist alles in bester Ordnung.«

Kern machte einen unzufriedenen Gesichtsausdruck und hatte wohl etwas mehr Dankbarkeit erwartet.

Elisabeth schloß die Haustür auf und huschte ins Haus. Kern folgte ihr und wollte auf einen Kaffee eingeladen werden.

Elisabeth kam dem zuvor. »Tut mir ja leid, wenn ich Sie nicht zu einem Kaffee bitten kann, aber ich muß gleich wieder weg. Vielleicht später....«

Mit einem Fußtritt kickte sie die Tür ins Schloß. So, hoffentlich hat er es kapiert. Wäre ja noch schöner. Kaum ist der Alte unter der Erde, steht so ein Möchtegern bereit und denkt, ich bin Freiwild. Nee, Herr Kern, vielen Dank.

Sie nahm den Zettel zur Hand und las die Adresse: Sabrina Palm, wohnhaft in Köln, Apostelhof.

Gustav Steiner hatte wunderbar geschlafen und von Monika Häusel geträumt, als sein Wecker ihn jäh in die Wirklichkeit zurückholte. Er haute mit der Hand dem Wecker eins übers Dach und schimpfte den Übeltäter aus. Wenige Minuten hing er noch seinen Erlebnissen der vergangenen Nacht nach, dann wurde es Zeit, sich für den Dienst fertig zu machen. Er schlurfte ins Bad, drehte den Duschkopf der Brause auf hart, und »Aua, scheiße!«, das Wasser war zu heiß. Fast hätte er sich den Allerwertesten verbrannt. Schnell drehte er an dem Knopf, so war es besser. Während er sich mit seinem Duschgel Marke Pfirsichduft in Hülle und Fülle einschäumte, freute er sich auf die belegten Brötchen, die er sich beim Bäcker der Polizeiwache gegenüber besorgen würde. Dazu noch Wünschels Kaffee, der langsam genießbar wurde, und der Tag war gerettet.

»Guten Morgen, Kollege Wünschel, haben sie gut geschlafen?«
Wünschel hatte sich hinter seinen Akten geduckt und blickte ob der Freundlichkeiten erstaunt auf. Steiner wartete keine Antwort ab, sondern goß sich Kaffee aus der Maschine ein, flegelte sich hinter seinen Schreibtisch und aß genüßlich seine Brötchen. Wünschel wagte den ein oder anderen Blick auf seinen Chef und verstand die Welt nicht mehr.

Paul Öllekoven war wie seine Frau Marie Frühaufsteher, und nachdem sie ausgiebig gefrühstückt und ihre Viecher versorgt hatten, kam die tägliche Lektüre der Tageszeitung. »Dat muß senn, denn sonst wesse met net, wat en de Region allet passiert es.«
Beim Blättern ging Öllekoven plötzlich ein Licht auf. »Marie, komm ens flöck, ich weß et jetzt.«
»Wat dann jetz at wedde. Mensch, du mit dinge Spinnerei.«
»Dat es keen Spinnerei. Der Kääl von de Versicherung, der vorige Woch en de Zeidung war, jetzt wes ich, wo ich denn zum letztenmol gesehn han. Der hät mich doch noch anjelacht, als der an mir vorbeifuhr in de Bösch.«
Marie dachte nach. Wenn es tatsächlich der Versicherungsfritze aus der Zeitung war, dann konnte er Recht haben. Sie hörte nur mit einem halben

Ohr zu, doch bei dem Wort Bösch ging auch ihr ein Licht auf. »Wo häste der zum letztenmol jesenn, Paul?«

»Für zwei Woche oder en beschen länger. Ever do kom doch so ene Porsche jefahre, und do soß der Kääl von der Versicherung drenne. Dat der in den Bösch wollt, dat war doch klar.«

Marie kam zum Schluß, daß er sich hier ausgekannt haben mußte, denn sonst konnte man hier nicht weiterfahren, es sei denn, er hätte sich verfahren und wollte nach Heimerzheim, aber das war eigentlich undenkbar.

»Jenau, Marie, du häs et erfaßt. Ich jonn no de Polizei. Wer weß, wat he passiert es, un mir setze he und dunn nix.«

So machte sich Paul Öllekoven fein für die Stadt, holte seinen feinen Sonntagsanzug hervor, ein weißes Hemd, die schwarzen Schuhe, die er immer zur Beerdigung oder zur Messe am Sonntag trug und fand sich für sein Vorhaben bestens angezogen.

Nur Marie hatte Bedenken. »Du Paul, es dat net en besje zu fein? Du jehs doch net ob ene Beerdigung.«

»Ach Quatsch«, gab Paul kontra, »die Lück us de Stadt senn all fein gemaht, dat sieht joot us.«

Marie gab es auf, und Paul holte seinen klapprigen Mercedes aus der Garage, steckte noch seine Brieftasche ein. So, und nun nix wie zum Revier. Paul fuhr eigentlich nur Trecker und benutzte den Mercedes nur hin und wieder. Deshalb fuhr er langsam, sehr langsam und brachte die Autofahrer, die hinter ihm herzöckelten, zur Weißglut. In Bornheim angekommen, parkte er umständlich ein, dreimal vor und dreimal zurück, aber dann hatte er es geschafft. Die anderen Autofahrer bekamen bei solchen Fahrkünsten die Krise, schimpften hinter ihrem Lenkrad »Sonntagsfahrer«, und »Dem Knacker sollte man den Führerschein abnehmen!« Doch Paul sah und hörte nichts, schloß seinen Mercedes ab, suchte nach der Parkuhr, steckte 2 Mark in den Schlitz und wartete auf die Dinge, die nicht kamen.

Ein junge Frau, die ein Kind auf dem Arm trug und es eilig hatte, sah, wie der arme Mann vor dem Automaten stand und nicht weiter wußte.

»Kann ich Ihnen helfen, der Herr?« fragte sie.

»Jo, dat wär janz nett. Ich weß net, wie so jet funktioniert.«

Die junge Frau zeigte auf einen grünen Knopf. »Da müssen Sie drauf drücken, dann kommt auch Ihr Bon, sehen Sie.«

Und tatsächlich der Automat spuckte den Zettel aus.

»Danke, dat muß enem jo och erklärt werde. Juten Tach och, en lecker Kindche han Se do.«

Daß er seine Brille vergessen hatte, tat seinen Fahrkünsten keinen Abbruch. Auch die Eingangstür zur Wache, die direkt am Parkplatz lag, fand er noch, aber das Klingelschild konnte er nicht lesen. Just in diesem Moment ging die Tür auf, ein Streifenpolizist trat heraus und fragte nach seinen Wünschen. Öllekoven erklärte ebenso wortreich wie umständlich, was er wollte, und der junge

Mann konnte sich ein Schmunzeln nicht verkneifen.

Bei Kommissar Steiner klingelten die Alarmglocken, als Öllekoven sich vorgestellt hatte. Sollte sich wirklich etwas in der Sache bewegen? Das wäre schön. Seine Nase juckte, ein gutes Zeichen.

»Herr Öllekoven, erzählen Sie mir doch bitte, was Sie an jenem Tag gesehen haben.«

Während dessen hatte sich Elisabeth gestärkt, den Telefonhörer in die Hand genommen und Sabrina Palm in Köln angerufen. Als diese sich meldete, legte Elisabeth, ohne etwas gesagt zu haben, wieder auf.

Aha, dachte sie, sie ist da. Schön, dann werde ich ihr jetzt einen Besuch abstatten. Sie suchte nach dem Stadtplan, kreuzte sich die Straßen an, die sie fahren mußte, um zum Apostelhof zu kommen, und als dies geschafft war, düste sie los. Bis zur Kölner Stadtgrenze war alles kein Problem, aber dann ging es los. Etliche Einbahnstraßen verhinderten, daß sie zügig voran kam. Sie kurvte mehrmals um den Block, bis sie endlich in den Apostelhof einbiegen konnte. Natürlich kein Parkplatz weit und breit. Schließlich stellte sie ihren Wagen einfach in zweiter Reihe ab, lief die Straßen zurück und stand vor dem Haus der Geliebten ihres Heriberts.

Wut stieg in ihr hoch, doch beherzt suchte sie den Klingelknopf. Hier stand es, Sabrina Palm. Es war die sechste Etage. Sie sah zu dem Gebäude hoch. Hoffentlich gibt es hier einen Fahrstuhl.

Ich habe keine Lust, mir die Lunge aus dem Leib zu husten, wenn ich die Treppen steigen muß.

»Ja bitte, wer ist da?« quakte es aus der Türsprechanlage.

Blitzschnell reagierte Elisabeth. »Mein Name ist Müller, von der Versicherungsagentur Moll aus Bonn. Ich wollte mich bei Ihnen erkundigen, ob alles zu Ihrer Zufriedenheit erledigt worden ist.«

Der Summer ertönte, die Tür sprang auf, und Elisabeth stand im Treppenhaus. Sogar ein Fahrstuhl war vorhanden.

Bauer Öllekoven bemühte sich in einem Kauderwelch aus Hochdeutsch und Vorgebirgsplatt zu schildern, was er beobachtet hatte. Steiner hatte leichte Schwierigkeiten, dem Gebrabbel zu folgen.

»Also dat war so, Herr Kommissar, ich kenne dä Mann us de Zeidung. Der ist nämlich och unser Versicherungsfritze un hät unsere Hof versichert. Un dann ist der eenes Tages vor zwei Woche oder esu mit singem Porsche an mir vorbei jefahre, hat noch gewunken und jelach. Nur wat der im Wald bei ons wollt, dat wes ich net. Der es auf jeden Fall mit singem Porsche do erenn jefahre, un dat bei demm Wedder. Ever ob der noch eens erus jefahre es, dat weiß ich leider net.«

»Und da haben Sie sich nicht früher erinnert? Der Mann war doch, wie Sie sagen, sogar Ihr Versicherungsagent?«

»Dat is so wat mit mingem Jedächtnis. Ich kann mer Jesichter so schläch merken un da es et mer erst hück morjen wedder injefalle.«

Steiner grübelte. Wenn es wirklich Häusel war, warum fuhr so ein Sonnenbankheini mit seinem Porsche in den Wald? Und das im Winter.

Doch dann machte es Klick in seinem Kopf. Hatte es nicht in dem Wald diese verbrannte Leiche gegeben? Er erinnerte sich an die Szene im Leichenschauhaus, das strahlende Gebiss, das ihn angegrinst hatte. Wie hieß der doch gleich, ach ja, Dünkel, was für ein Name.

»Sie haben uns sehr geholfen«, meinte er zu Öllekoven, »wenn wir noch Fragen haben, dann weiß ich ja, wo Sie wohnen.«

Umständlich hievte sich der Bauer aus dem Sessel und rückte seinen feinen Sonntagsstaat zurecht. »Net wor, Herr Kommissar, dat mit dem Versicherungsmann, dat es bestimmb eene Mordfall, dat spüren ich.«

Steiner kratzte sich am Kinn und nickte bedächtig. »Sie könnten recht haben, aber wir wollen erst einmal sehen, ob der junge Mann nicht doch noch auftaucht.«

Elisabeth hatte die sechste Etage erreicht, die Lifttüre öffnete sich automatisch, nun stand sie auf einem langen Flur und wußte nicht, in welche Richtung sie ihre Schritte lenken sollte. Doch das Problem löste sich, als Sabrina Palm aus einer der Türen auf der linken Seite trat.

»Frau Müller?«

»Ja, Müller von der Versicherung Moll.«

»Dann treten Sie doch bitte ein.«

Elisabeth nahm den angebotenen Platz nahe eines kleinen Glastischchens an, nahm ihre große

Umhängetasche ab und stellte sie vor sich auf den Tisch.

Ihre Gastgeberin sah sie neugierig an.

»Wir wollten uns eigentlich bei Ihnen erkundigen, ob nach dem Sterbefall von Heribert Dünkel alles zu Ihrer Zufriedenheit geregelt wurde.«

Jetzt wurde die junge Dame lebhaft. »Ja, danke, es ist alles bestens. Das Geld habe ich erhalten. Mein Vater oder besser ausgedrückt „Erzeuger" hat nie eine müde Mark für mich bezahlt. Als meine Mutter starb, war sie völlig mittellos.«

»Ach, das tut mir leid. Waren denn Ihr Vater und Ihre Mutter nicht verheiratet?« fragte Elisabeth, Unheil ahnend.

»Verheiratet? Meine Mutter mit diesem Scheißkerl? Heribert Dünkel hieß dieser Halunke. Schade, daß ich es nicht früher gewußt habe. Ich hätte ihm den Garaus gemacht, so schäbig, wie der sich meiner Mutter gegenüber verhalten hat. Aber was soll's. Ich habe ja jetzt die Lebensversicherung, und der Kerl hat seine Quittung bekommen.«

Elisabeth versuchte den Schock so gut sie konnte zu überspielen. Was sie hörte, übertraf ihre schlimmsten Befürchtungen. So ein Schweinehund, dachte sie, ein Glück, daß er kein weiteres Unheil mehr anrichten kann.

Sabrina war jetzt richtig in Fahrt. Sie erzählte von ihrer Kindheit, daß ihre Mutter Bedienung in einer Kneipe gewesen war. Dort habe sie auch den Herrn Dünkel kennengelernt und sich von ihm einlullen lassen. Ja, und aus dieser Verbindung war sie dann hervorgegangen, obwohl ihre Mutter nur ein mal mit diesem Dünkel intim gewesen sei. Doch sie war zu stolz gewesen, es ihm zu sagen. Erst kurz vor ihrem Tod habe sie ihm einen Brief geschrieben. Darauf kam eine Antwort zurück, aber was darin stand, wisse sie nicht. Auch nach der Affäre mit Dünkel habe sie nicht geheiratet, sondern sie nach der Geburt alleine durchgebracht mit Putzen und Kellnern. Den Preis für dieses anstrengende Leben habe sie mit ihrer Gesundheit bezahlt, das Herz, die Lunge, aber sie hat wenigstens nicht gelitten.

Dies alles erzählte Sabrina mit Tränen in den Augen, und Elisabeth schämte sich für ihren Heribert, der nun seine gerechte Strafe bekommen hatte. Ihre Rachegedanken waren verflogen. Das Geld sollte seiner Tochter gehören, es stand ihr zu. Nur wurmte es sie, daß sie es auf diese Art und Weise erfahren mußte.

Sabrina hatte gottlob aber auch nichts, was sich mit Heribert vergleichen ließ. Sie kam sicher ganz nach der Mutter, und mit diesen Gedanken stand Elisabeth auf. Sie hatte ihre Pflicht getan, eine Pflicht, die eigentlich Heribert hätte erfüllen müssen. Der Haß war verflogen.

Sabrina bedankte sich für den Besuch, brachte die angebliche Versicherungsangestellte bis zum Lift, winkte und rief: »Danke, Frau Müller. Sie waren unglaublich nett zu mir, hoffentlich bis bald, und wenn ich eine Versicherung brauche, komme ich zu Ihnen.«

Elisabeth stieg in den Lift und holte tief Luft. Bloß nicht, denn dann fliegt der ganze Schwindel auf. Unten auf der Straße angekommen, mußte sie sich erst wieder zurecht finden. Wo stand ihr Auto? Dann fiel es ihr ein und mit einem Wirrwarr an Gefühlen fuhr sie nach Hause.

In der folgenden Nacht konnte Elisabeth nicht schlafen. Die wievielte schlaflose Nacht war das eigentlich? Ach, sie wußte es nicht mehr. Unruhig wälzte sie sich von einer Seite auf die andere. Das Gespräch mit Sabrina Palm rollte in ihrem Kopf ab. Was hatte sie gesagt? Ihr Alter ....ach ja, 22 Jahre. Und Heribert war ihr Vater ... Es machte Klick in ihrem verwirrten Kopf. Irgendetwas stimmte hier nicht und nun wußte sie auch, was es war. Heribert hatte sich kurz nachdem ihr Sohn geboren worden war gesträubt, noch mehr Nachwuchs in die Welt zu setzen. »Eine Rotznase reicht, ich schaffe doch nicht für vier Mäuler, ich wollte eines und das haben wir auch und damit Basta!«
Dann hatte er sich vor 30 Jahren einer Vasektomie unterzogen. Man stelle sich das vor: Er, der Supermacho ließ sich freiwillig die Samenleiter durchtrennen und war somit nicht mehr zeugungsfähig. Damals hatten ihn seine Freunde mit Spott überzogen. Aber dann konnte diese Sabrina doch gar nicht seine 22jährige Tochter sein. Dieses Luder. Was war sie, oder wer? Elisabeth setzte sich aufrecht und kochte. Natürlich, sie war dieser Sabrina auf den Leim gegangen. Und ob die Heriberts Geliebte war - oh was für eine Schufterei!
Plötzlich flackerte ihre Nachttischlampe und verlosch. Was war nun schon wieder? Sie flackerte

auf, dann war wieder Finsternis. Von irgendwo kam ein Klirren aus der Wohnung. Panik erfaßte sie, ihre Zähne klapperten. Was ging hier vor?

»Hilfe, Hilfe!« schrie sie so laut sie konnte.

Sekunden später rüttelte es an ihrer Haustür.

»Frau Dünkel, ich bin's, machen Sie auf!« Kern stand vor der Tür. Elisabeth öffnete sie einen Spalt breit und schlotterte am ganzen Körper.

»Die Lampe, das Glas, es klirrt überall«, stammelte sie.

»Aber liebe Frau Dünkel, ich bin doch jetzt da. Wir schauen einmal nach, was los ist.«

Er ging mit ihr ins Schlafzimmer, probierte die Lampe aus, und sie funktionierte einwandfrei.

»Tja, Frau Dünkel, die Lampe ist in Ordnung. Sie haben bestimmt geträumt. Wenn man soviel durchgemacht hat wie Sie, dann bekommt man Alpträume.« Doch Elisabeth versicherte immer wieder: »Es spukt hier, es hat geklirrt, ich habe es gehört, das war Glas.«

»Na gut, ich schaue mich nochmals im Haus um«, sagte Kern bereitwillig. Elisabeth schwankte. Einerseits konnte sie Hilfe gut brauchen, andererseits wollte sie nicht, daß Kern in ihrem Haus herumschnüffelte. Doch im Moment überwog ihr Bedürfnis nach Fürsorge. Kern konnte nichts entdecken. Alles war in Ordnung, nirgendwo lag Glas, es waren keine Einbruchsspuren zu sehen.

»Frau Dünkel, nichts. Sie hatten sicher einen Alptraum. Ruhen Sie sich aus. Am besten wäre es, wenn Sie für eine Weile in Urlaub fahren würden, dann hätten Sie mehr Abstand. Aber wenn etwas ist, ich komme sofort.«

In der folgenden Nacht richtete sich Elisabeth ihr Bett auf dem Sofa ein. Schlafen konnte sie nicht, sondern sie horchte auf jedes Geräusch. Aus Angst ließ sie sämtliche Lichter eingeschaltet. Schließlich fielen ihr die Augen zu. Als sie aufwachte, flackerte das Licht, dann war Finsternis. So ging es hin und her, mal brannte es, dann wieder nicht. Dann kam das Klirren. Glas splitterte, dann kam ein höhnisches verzerrtes Lachen. In ihrer Panik hatte sie die Taschenlampe vergessen, doch plötzlich war alles wieder hell. Ein weiteres Mal klirrte es bedrohlich, und Elisabeth schrie vor Panik auf. »Hilfe, es spukt, Hilfe.«

Nachbar Kern war wieder sofort zur Stelle, als hätte er geahnt, was passiert.

»Ich bin so fertig, Herr Kern! Glas hat gesplittert, das Licht flackerte. Bestimmt, es spukt hier. Und er hat mich ausgelacht.«

Sie sah ihn flehentlich an, doch sie bemerkte in seinen Augen Zweifel.

»Wer hat Sie ausgelacht?«

»Mein Mann ....«

»Aber Ihr Mann ist doch tot, Frau Dünkel.«

Er führte sie zum Sofa, doch auch diesmal fand er keinen Anhaltspunkt, wieso das Licht ausgehen konnte. Es lag auch nirgendwo Glas, alle Türen waren unbeschädigt, selbst die Fenster waren verriegelt.

Elisabeth wußte nun überhaupt nichts mehr. Wurde sie langsam aber sicher verrückt? Was spielte sich hier ab? Wo war Gerold?

Sie war froh, als es draußen endlich hell wurde. Jetzt war an Schlaf nicht mehr zu denken. Sie duschte kalt, rauchte eine Zigarette nach der anderen und versuchte vergebens, sich zu beruhigen. Sie mußte sich ein Beruhigungsmittel besorgen, sonst würde sie noch durchdrehen.

Sie verschloß sorgfältig alle Türen und Fenster und sprang in ihren Hörby, der fahrbereit in der Ausfahrt stand. Just in dem Moment, als sie Gas gab und zurücksetzte, kam ein kleiner Junge mit seinem Fahrrad an der Ausfahrt vorbei. Elisabeth trat so kräftig auf die Bremse, daß sie dachte, ihr Schuh komme durch die Haube wieder zum Vorschein. Doch es tat sich nichts. Geistesgegenwärtig zog sie die Handbremse. Millimeter vor dem Kind stand das Auto. Der Schock saß in allen Gliedern. Der Kleine brüllte wie am Spieß. Sämtliche Nachbarn hatten mitbekommen, was sich da abgespielt hatte, und sahen sie böse an. Die Mutter zeterte und einige Schulkinder riefen auch schon: »Die Dünkel hat´ne Meise!«

»Unverantwortlich so etwas! Sie gehören doch in die Klapsmühle, so auf die Straße zu rasen und die Kinder zu gefährden!«

Die Mutter baute sich vor dem Wagen auf und verlangte Abbitte.

Elisabeth stieg aus. »Entschuldigung, es war mein Fehler. Die Bremsen griffen nicht. Ich lasse sie sofort reparieren.«

Kern war natürlich auch da und ergriff die Initiative. »Was sagen Sie da, Ihre Bremsen haben versagt? Aber wieso denn? Lassen Sie mal sehen.«

Er ging in die Hocke und legte sich so gut er konnte unters Auto, kam dann hervor, setzte sich hinters Steuer und probierte die Bremsen. Dann ließ er die Motorhaube aufspringen und fand, was er suchte. »Frau Dünkel kann nichts dafür, die Bremsleitung ist defekt. Und wenn mich nicht alles täuscht, hat da sogar jemand nachgeholfen. Also Leute, verzieht euch. Die Frau Dünkel ist schon geschockt genug, laßt sie endlich in Ruhe.«

Nachbar Kern schien das Ganze genauso ein Rätsel zu sein wie Elisabeth. Wer könnte ihr Schaden zufügen wollen? Beiden schwirrte der Kopf und keiner hatte eine logische Erklärung.

»Frau Dünkel, vielleicht sollten wir doch die Polizei verständigen.«

Elisabeth erschrak und versuchte, ihn zu beschwichtigen. »Herr Kern, ich glaube, ich weiß, wer es war. Vielleicht bin ich ja selber schuld. Als ich neulich auf einem Parkplatz stand, lungerten dort ein paar Jugendliche herum. Die haben mich geärgert, da habe ich sie provoziert. Ich nehme an, es war Rache, und sie haben an meinem Auto herumgespielt. Sie würden mir einen großen Gefallen tun, wenn Sie die Bremsen für mich reparieren könnten.«

»Nichts lieber als das, liebe Frau Dünkel. Ich kümmere mich gleich darum. Sie werden sehen, am Nachmittag ist Ihr Auto wieder wie neu.«

Damit war Elisabeth vorerst zufrieden. Kern war ruhiggestellt. Nun wußte sie auch, daß sie nicht verrückt war. Irgendjemand wollte sie irre machen. Dann fiel ihr wieder Gerold ein. Wo steckte er nur?

Sie ging ins Haus, zur Apotheke brauchte sie nun nicht mehr.

In der darauffolgenden Nacht passierte nichts. Auch die nächsten Nächte blieben ruhig. Der Spuk schien vorbei, und Elisabeth erholte sich zusehends.

Doch Kommissar Steiner hatte nach dem Besuch von Paul Öllekoven lange gegrübelt. Dann beauftragte er Wünschel, die Akte Dünkel aus dem Keller zu besorgen. Er wollte sie sich noch einmal ansehen. Es war für ihn undenkbar, daß er etwas übersehen haben könnte, aber da seine Nase juckte, mußte irgendetwas nicht stimmen. Die Sachverständigen hatten doch alles haarklein erklärt.

»Die Akte Dünkel, Herr Steiner«, mit diesen Worten machte es Klatsch, denn Wünschel hatte sie schwungvoll auf den Schreibtisch niedersausen lassen.

»Danke Wünschel, Sie können Feierabend machen. Ich bleibe noch, also schönen Abend.«

Dieter Wünschel verstand die Welt nicht mehr, was war aus dem Ekel geworden? Er traute dem Frieden nicht und machte, daß er weg kam.

Steiner schlug die Akte auf, las die halbe Nacht hindurch, kam aber zu keinem Ergebnis. Sein Kopf war leer, er würde am nächsten Tag weiter darüber nachdenken. Er nahm seine Mütze, fuhr in sein Heim und versuchte zu schlafen. Doch die Fälle Häusel und Dünkel ließen ihm keine Ruhe. Schlaflos wälzte er sich von einer auf die andere Seite, bis er kurz vor Morgengrauen doch einschlief.

Sein Wecker holte ihn ins Leben zurück. Er mußte noch einmal mit Frau Dünkel sprechen. Vielleicht kannte sie Häusel und wußte mehr. Er duschte ausgiebig und parfümiert sich sogar, was er sonst nie tat. Man konnte ja nie wissen, ob nicht Monika Häusel auch auf seiner Besuchsliste stand.

Sein Besuch auf dem Revier war kurz. Steiner wünschte Wünschel einen Guten Morgen, schlürfte seine Tasse Kaffee, nahm die Akte Dünkel unter den Arm und meinte schwungvoll: »Herr Kollege, ich muß noch einmal nach Waldorf, in der Angelegenheit Dünkel etwas klären. Also, halten Sie die Stellung, und wenn etwas sein sollte, mein Handy ist eingeschaltet.«

Es war kurz vor 8 Uhr, als es bei Elisabeth Dünkel klingelte. Sie war noch im Morgenmantel, was sonst um diese Uhrzeit nicht der Fall war, aber sie hatte endlich einmal gut geschlafen. Um 7,30 Uhr hatten die Kinder, die zur Schule gingen, sie mit Lachen und Radau geweckt. Sie hatte die Kaffeemaschine gefüllt, war ins Bad gegangen und wollte sich ein gemütliches Frühstück gönnen. Wen störte es da, wenn sie noch im Bademantel herum lief? Das Ekel konnte schließlich nicht mehr meckern.

Es klingelte wieder hartnäckig. Hektisch suchte sie ihre Hausschuhe, hüpfte mit einem Fuß zur Tür, weil sich der rechte selbständig gemacht hatte, und öffnete die Tür einen Spalt.

»Hallo, guten Morgen Frau Dünkel, entschuldigen Sie die frühe Störung, aber ich hätte da noch eine Frage!« Steiner nickte höflich und ließ unauffällig seinen Blick über ihren geblühmten Morgenrock wandern.

»Morgen Herr Kommissar«, nuschelte Elisabeth konsterniert. Jetzt war sie schlagartig wach.

»Bitte entschuldigte Sie mein Outfit. Wissen Sie Herr Kommissar, ich habe endlich wie ein Murmeltier geschlafen, meine Nerven hatten es auch nötig.«

Steiner lächelte gelassen. »Ach, Frau Dünkel, wenn ich frei habe, dann läßt mein Outfit auch zu wünschen übrig. Es gibt nichts Schöneres, als wenn man morgens so richtig gammeln und in Ruhe frühstücken kann. Dann sieht die Welt ganz anders aus.«

Nachdem Steiner es sich in dem Sessel bequem gemacht hatte und seinen Kaffee genoß, kam er endlich zur Sache. »Frau Dünkel, ich hätte da noch eine Kleinigkeit, die mich beschäftigt.«

Elisabeth setzte ihre Tasse behutsam auf den Tisch, ihr Magen rebellierte, sie konnte ihre Hände kaum ruhig halten.

»Frau Dünkel, kennen Sie einen Gerold Häusel? Oder kannte Ihr Mann ihn?«

Elisabeth fuhr der Schreck bei der Erwähnung des Namens in die Glieder. Sie sprang auf und entschuldigte sich. Ihr Magen hob und senkte sich. Sie rannte ins Bad und mußte sich übergeben.

Sie ließ Steiner nur ungern allein in ihrem Wohnzimmer zurück, doch es ging nicht anders. Als sich ihre Eingeweide wieder beruhigt hatten, kam sie zurück. Steiner hockte noch in seinem Sessel und sah sie mitfühlend an.

Sie entschuldigte sich für ihre Unpäßlichkeit.

»Das verstehe ich, Frau Dünkel, ist ja auch alles nicht so einfach für Sie.«

Elisabeth sah ihn vorsichtig an. Was wußte Steiner?

»Ach so, Sie fragten nach diesem Herrn Häusel. Wird der nicht vermißt? Ich habe es in der Zeitung gelesen. Wie kommen Sie darauf, wir würden ihn kennen?«

»Na ja, er ist Versicherungsmann und hat wohl auch einige ihrer Nachbarn beraten.«

»Ja, Sie haben recht. Wir haben vor langer Zeit eine Lebensversicherung bei Herrn Häusel abgeschlossen.«

»Haben Sie ihn denn in letzter Zeit gesehen?«

»Als mein Mann noch lebte, haben wir ihn des öfteren im Supermarkt getroffen, wir haben ein paar Worte gewechselt, damit hatte es sich dann auch. Nach dem Tod meines Mannes habe ich wegen der Lebensversicherung, die mein Mann zu meinen Gunsten abgeschlossen hatte, bei der Agentur nach ihm gefragt.«

»Wann war das?«

»Vor gut drei Wochen, aber er war nicht da.«

So jetzt war ihr wohler, hoffentlich nahm Steiner ihr diese Ausflüchte ab. Aber der Kommissar hakte nach, nahm noch eine Tasse Kaffee, die sie ihm ohne nachzudenken eingoß, nippte und zögerte. Elisabeth saß wie auf heißen Kohlen und ihr wurde klar, daß das Gespräch noch nicht beendet war.

»Frau Dünkel, kann es nicht sein, daß Sie den

Herrn Häusel näher kannten als nur flüchtig aus dem Supermarkt?«

Elisabeth sank in sich zusammen.

»Wie war eigentlich Ihr Verhältnis zu Ihrem Mann?«

Sie spürte, wie ihr die Röte ins Gesicht stieg. Sie rutschte hin und her.

»Mein Mann und ich haben uns arrangiert, unserer Ehe bestand nur noch auf dem Papier. Aber es tut es mir trotzdem leid, was mit ihm passiert ist. Zu Herrn Häusel hatte ich aber nur ein rein geschäftliches Verhältnis.«

»Wie hoch ist die Lebensversicherung?«

»200.000.«

Steiner pfiff anerkennend. »Na, dann sind Sie ja bestens versorgt.«

Er blätterte in seinen Akten, las und blickt dann auf.

»War Ihr Mann eigentlich Raucher?«

»Raucher?« Elisabeth war verblüfft. »Ja, er rauchte hin und wieder.«

»Und den Wagen Ihres Mannes, haben Sie den auch gefahren?«

»Nein, Gott bewahre. Den dürfte ich nicht berühren, mein Mann wäre ausgeflippt. Ich habe meinen eigenen.«

Steiner nickte zufrieden und ging zur Tür. Dann drehte er sich nochmals um und sah sie undefinierbar an.

»Nicht wahr, Frau Dünkel, Sie werden mir doch sicher mitteilen, wenn Sie Häusel wiedersehen sollten. Übrigens: Wußten Sie, daß Häusel zur gleichen Zeit in den Wald gefahren ist, als Ihr Mann diesen schrecklichen Unfall hatte?«

Er wartete keine Antwort ab und verließ pfeifend das Haus. Elisabeth blieb mit düsteren Gedanken zurück.

Dieser Steiner war ein gerissener Hund, das wurde ihr immer klarer. Langsam wurde es brenzlig.

Während der Fahrt rekonstruierte Steiner das Gespräch, dann wußte er, daß ihn seine Nase nicht im Stich gelassen hatte. So kam er auf dem Revier in Bornheim an, rannte so schnell seine alten Knochen es ihm erlaubten in sein Büro und verlangte am Telefon den Gutachter, der das Auto von Herrn Dünkel untersucht hatte.

»Büsig«, meldete sich der Herr.

»Hier Kommissar Steiner, guten Tag Herr Büsig. Ich hätte da noch eine Frage den Unfall Dünkel betreffend. Sie erinnern sich, der Mann, der in seinem Auto verbrannt ist.«

»Und ob.«

»In Ihrem Gutachten schreiben Sie, das Feuer sei im Innern der Fahrerkabine ausgebrochen. Benzindämpfe aus einem defekten Kanister hätten sich entzündet. Auf dem Rücksitz haben Sie die verschmorten Reste eines Benzinfeuerzeugs gefunden. Können Sie mir sagen, ob es schon da lag, oder kann es bei der Verpuffung auch im Innenraum herumgewirbelt worden sein?«

»Hmm. Das läßt sich nicht mehr genau sagen.«

»Kann es sein, daß auf dem Rücksitz etwas angezündet wurde, ein Schal oder das Rücksitzpolster? Und daß dieses Feuer dann den Benzinkanister hat explodieren lassen?«

Büsig am anderen Ende der Leitung lachte leise. »Ich höre schon, Kollege Steiner, Sie haben Ihre grauen Zellen arbeiten lassen. Eine interessante Theorie. Sie könnten Recht haben, aber das Ganze zu beweisen, dürfte schwierig werden. Im Innenraum war alles verbrannt. Es ist nicht mehr feststellbar, ob zuerst der Rücksitz brannte oder erst der Kanister explodiert ist.«

»Na ja, ich danke Ihnen trotzdem, Kollege Büsig.«

Steiner legte auf.

»Wünschel, wo ist die Akte Dünkel?« brüllte er laut, obwohl der ihm direkt gegenüber saß.

»Vor Ihnen, Herr Steiner.« Er zeigte mit dem Finger neben das Telefon. Steiner sah hinein und schüttelte den Kopf.

»Wünschel, jetzt kommt gewaltige Arbeit auf uns zu. Ich glaube, die Fälle Dünkel und Häusel haben etwas miteinander zu tun. Ich muß zum Chef.«

Damit marschierte Steiner zu Oberkommissar Hirsch.

»Was gibt es, Herr Kollege?«

Hirsch sah erstaunt auf, denn Steiner beehrte ihn nur höchst selten.

Steiner druckste herum, dann setzte er sich ohne Aufforderung und schilderte seinen Verdacht, die Vermißtenmeldung Häusel und den Fall Dünkel.

Hirsch wurde immer ungehaltener, je mehr er hörte.

»Herr Steiner, wissen Sie, was das bedeutet? Wir müssen die Staatsanwaltschaft einschalten und eine Exhumierung der Leiche beantragen. Das wird einen Rummel geben. Na prost Mahlzeit! Sieht verdammt nach Mord aus. Also, worauf warten Sie noch, Herr Kollege? Veranlassen Sie das Nötige und verständigen Sie auch die Mordkommission.«

»Ja sofort, Herr Oberkommissar«, beeilte sich Steiner und verließ fluchtartig das Chefbüro.

»Scheibenkleister«, erscholl es so laut durch das Revier, daß selbst die anderen Kollegen von der Streife ihre Kaffeetassen fallen ließen, so hatten sie sich erschrocken.

Wünschel sollte die Mordkommission anrufen, denn Steiner hatte Bammel, daß vielleicht Roswitha am Apparat sein könnte. Doch die Angst war unbegründet. Es war Münch, der den Anruf entgegennahm. Wünschel war stolz, so einen Auftrag von Steiner erhalten zu haben, und erklärte, worum es ging. Nun konnte er beweisen, was in ihm steckt. Derweil hatte Steiner Staatsanwalt Johnas am Apparat.

»Wir werden einen Antrag auf Exhumierung stellen. Ich denke, morgen früh sollte er auf dem Tisch liegen. Ist die Mordkommission schon informiert?«

»Ja, Kollege Wünschel hat das gerade veranlaßt.«

»Nun, dann wollen wir mal sehen, was bei der Sache noch ans Tageslicht kommt. Alle Achtung Herr Steiner, wie sind Sie eigentlich auf die Idee gekommen, eine Vemißtenanzeige und einen unglücklichen Todesfall miteinander zu verbinden?«

»Herr Richter, wenn ich Ihnen das erklären soll, würde es einen Tag dauern. Nur soviel, meine Nase hat immer einen guten Riecher für verzwickte Fälle.«

»Na, dann weiterhin viel Glück, Herr Steiner, daß ihre Nase auch weiterhin so gut funktioniert.«

Elisabeth Dünkel hatte es sich gerade auf dem Sofa gemütlich gemacht und freute sich auf den Liebesfilm im Fernsehen, als es durchdringend klingelte. Nanu, dachte sie, wer kann das denn noch sein? Ahnungslos ging sie zur Tür und erwartete eigentlich nur Herrn Kern. Der Anblick Kommissar Steiners ließ sie erschrocken zurückprallen.

»Herr Kommissar, was gibt es denn so Wichtiges, daß Sie am Abend noch im Dienst sind?« stammelte sie, mühsam um Fassung ringend.

»Tja Frau Dünkel, es hat sich leider ein Verdacht ergeben, der vermuten läßt, daß der Tod Ihres Gatten und das Verschwinden von Herrn Häusel irgendwie etwas miteinander zu tun haben.«

Elisabeth stockte der Atem, sie wurde leichenblaß. »Das kann nicht sein. Ich dachte, mein Mann ist durch einen Unfall ums Leben gekommen? Und Gerold ist doch sicher im Urlaub?«

Doch glauben konnte sie es nicht mehr, denn plötzlich fielen ihr all diese mysteriösen Dinge ein, die passiert waren. Sie taumelte, und Steiner konnte sie gerade noch auffangen, sonst wäre sie gegen die Tür geschlagen.

»Hoppla, junge Frau, wer wird denn gleich umfallen? Kommen Sie, ich bringe Sie erst einmal hinein.« Er nahm sie beim Arm und stützte sie bis ins Wohnzimmer, legte sie auf das Sofa und gab ihr ein Glas Wasser, das auf dem Tisch stand. Als Elisabeth wieder Farbe bekam, meinte Kommissar Steiner behutsam: »Frau Dünkel, es ist nicht ganz einfach zu erklären.« Er schaute ihr direkt in die Augen. »Also, wie gesagt, es haben sich da Aspekte aufgetan, die vermuten lassen, daß das Feuer im Auto Ihres Mannes nicht nur durch eine Verkettung unglücklicher Umstände entstanden ist.«

In Elisabeths Kopf hämmerte es. Aus! Aus und vorbei! Sie haben mich durchschaut.

»Die Staatsanwaltschaft hat schon alles veranlaßt«, sprach Steiner, »wir müssen leider den Leichnam Ihres Gatten exhumieren. Es wäre gut, wenn Sie auch zugegen sein könnten. Wenn Sie möchten, kann Sie ein Arzt oder eine andere Person Ihrer Wahl begleiten. Ich bin übrigens auch anwesend, wenn Ihnen das hilft.«

Steiner hatte einen Verdacht, und als Elisabeth Dünkel Herrn Häusel beim Vornamen nannte, fühlte er diesen Verdacht bestätigt. Ihre Anwesenheit bei der Exhumierung war eigentlich nicht nötig, aber er war gespannt, wie sie reagieren würde.

»Frau Dünkel, Sie haben doch erzählt, Sie wären bei der Versicherung gewesen wegen der Police. Warum? Sie hätten doch nur die Sterbeurkunde einschicken müssen, dann wäre alles reibungslos verlaufen. Warum wollten Sie denn unbedingt Herrn Häusel selber sprechen?«

»Ach, ich weiß auch nicht.« Elisabeth Dünkel sah betreten weg.

»Eben«, triumphierte Steiner, »er war nicht da, weil er seit Wochen als Vermißt gilt. Lesen Sie denn keine Zeitung? Seine Schwester hat doch die Anzeige gestartet, weil sie den Verdacht hegt, daß Herr Häusel einem Verbrechen zum Opfer gefallen sein könnte. Sehen Sie, und jetzt kommt das Seltsame. Just zu der Zeit, als Ihr Mann den bedauerlichen Unfall hatte, ist ein Mann, der wie Häusel aussah, mit seinem Porsche an der betreffenden Stelle in den Wald gefahren. Warum?«

Elisabeth gab keine Antwort, und Steiner fuhr fort. »Vielleicht bin ich ja mit meinem Riecher auf dem Holzweg, aber vielleicht hat das Verschwinden Häusels mit dem Tod Ihres Mannes irgendwie zu tun. Deswegen müssen wir das Grab Ihres Gatten öffnen.«

Steiner beobachtete sie aus schmalen Augen.

»Wir müssen wissen, ob Ihr Gemahl ohne Fremdverschulden ums Leben gekommen ist, Frau Dünkel.«

Eigentlich hatte Steiner erwartet, daß Elisabeth Dünkel angesichts dieser Vermutungen zusammenbrechen würde, doch weit gefehlt. Sie richtete sich plötzlich auf und meinte mit fester Stimme: »Herr Kommissar, ich komme morgen früh, das heißt, könnten Sie mich bitte abholen lassen. Es klärt sich alles auf, ich bin da ganz zuversichtlich. Und nun lassen Sie mich bitte allein, ich bin wieder ganz ok.« Als müsse sie das beweisen, stand sie auf, zündete sich eine Zigarette an und genoß den Qualm, der in Steiners Nase brannte.

Als Elisabeth resolut die Tür öffnete, sah sich Steiner gezwungen, den Rückzug anzutreten.

Er ging in Gedanken versunken zum Auto. Entweder hat sie ihren Mann dermaßen gehaßt, daß sie so kalt ist, oder sie hat ein Verhältnis mit diesem Gerold Häusel und weiß, wo er steckt. Das wäre dann eine ganz schöne Blamage, wenn sich alles als Irrtum herausstellen würde.

Plötzlich war sich Steiner nicht mehr sicher, was die Aktion Friedhof anging. Doch nun gab es kein Zurück. Die Aktion würde in weniger als acht Stunden beginnen, und da konnte er nur hoffen, daß seine Nase, seine Intuition, ihn nicht im Stich gelassen hatte, denn sonst drohte ihm gewaltiger Ärger.

In dieser Nacht tat Kommissar Steiner kein Auge zu. Der Fall rollte in seinem Kopf, er wälzte sich hin und her. Schließlich hatte es keinen Zweck mehr. Er mußte aufstehen und war klatschnaß. Nach einer entspannenden Dusche genehmigte er sich einen starken Kaffee und betete, daß die nächsten Stunden schnell vorübergehen würden. Die Zeit kam ihm wie eine Ewigkeit vor, bis er Frau Dünkel abholen konnte.

Als er ankam, stand Elisabeth zu seiner Überraschung schon vor der Tür und begrüßte ihn überschwenglich: »Morgen, Herr Kommissar, kommen Sie, wir wollen keine Zeit verlieren. Je eher, desto besser.«

Die Frau war Steiner ein Rätsel. Er hatte ein flaues Gefühl im Magen, und sie strahlte, als wenn sie im Lotto gewonnen hätte.

Auf dem Friedhof war alles abgeriegelt. Niemand außer Staatsanwalt Johnas, dem Pathologen Dr. Künast, sowie dem Friedhofswärter und den Kommissaren Steiner, Wünschel und den Kollegen von der Mordkommission, Schulze und natürlich Münch, durften hinein. Steiner nahm Frau Dünkel unter den Arm gefaßt und ging zur Grabstelle. Roswitha sah die Anwesenden an und grüßte freundlich.

Die Arbeiter hatten schon vorgearbeitet. Nun schaufelten sie den Rest Erde in Gegenwart der Staatsdiener zur Seite und hoben den Sarg. Der Deckel wurde aufgeschraubt, und was sich den Augen bot, war alles andere als angenehm. Es roch fürchterlich nach Verwesung. Dr. Künast von der Pathologie hatte den Untersuchungsbefund in der Hand, bückte sich und untersuchte nochmals den Leichnam.

»Ich muß Herrn Dünkel mit in die Pathologie nehmen, ich habe da einen Verdacht!«

Die Friedhofsarbeiter bekamen ein Zeichen und der Verblichene mußte den Holzsarg gegen einen Zinksarg eintauschen. Als Dünkel abtransportiert war, besann sich Steiner auf Frau Dünkel, die er während der Aktion losgelassen hatte. Doch sie war nirgendwo zu sehen. Als er fragend Roswitha anschaute, zeige diese mit dem Daumen in Richtung Friedhofskapelle.

Steiner entschuldigte sich und ging die paar Meter bis zur Kapelle. Leise öffnete er die Tür. Elisabeth Dünkel kniete vor dem Kreuz, und die

Tränen liefen ihr stumm übers Gesicht. Er ließ ihr Zeit, doch dann sprach er sie leise an: »Frau Dünkel, es tut mir leid, aber es mußte sein. Soll meine Kollegin Sie jetzt nach Hause bringen? Wenn sich unser Verdacht erhärtet, daß da jemand nachgeholfen hat, dann werden Sie so schnell wie möglich benachrichtigt.«

Ihre Tränen irritierten ihn. Was hatte er eigentlich erwartet? Daß Häusel in dem Grabe liegen würde? Ja, genau das waren seine Gedanken gewesen. Aber wie hing alles zusammen? Was wollte er eigentlich beweisen?

Roswitha Schulze übernahm Frau Dünkel und begleitete sie nach Hause. Eigentlich war sie ganz froh, daß sie diesen Ort des Grauens so schnell verlassen konnte. Und der Anblick Gustavs hatte ihr auch einen Stich gegeben, die Kränkung saß tief.

Elisabeth Dünkel bot der Kommissarin einen Kaffee an und genehmigte sich selbst ein Glas Sekt, »um den Kreislauf anzukurbeln«, wie sie meinte.

Zuerst saßen beide im Wohnzimmer und schwiegen sich an. Doch der Sekt lockerte Elisabeths Zunge, und dann erzählte sie der Kommissarin, was sich alles seit jener Nacht ereignet hatte, als Heribert nicht nach Hause gekommen war. Auch die Suche nach der Versicherungspolice, das fehlende Sparbuch, einfach alles, was sich zugetragen hatte. Doch trotz der Leutseligkeit Elisabeth Dünkels drängte sich Roswitha der Eindruck auf, daß sie nicht alles erzählte. Auch kam sie ihr für eine trauernde Witwe doch etwas zu munter vor.

Am Abend zögerte Roswitha lange, bevor sie dann doch die Nummer von Gustav wählte, um mit ihm über den Fall zu sprechen. Fast war sie erleichtert, denn es machte nur Tut, Tut, und niemand hob ab. Gerade wollte sie wieder auflegen, als sich Steiner dann doch am anderen Ende meldete - mit ziemlich verschlafener Stimme.

Doch als Roswitha ihm ihren Eindruck von Frau Dünkel mitteilte, war er hellwach.

Nach einigen peinlichen Floskeln siegte bei beiden das professionelle Interesse an dem verzwickten Fall.

»Du Gustav, wenn mich nicht alle guten Geister verlassen haben, dann hat da jemand seine Hände im Spiel, was meinst du?«

»Ja, das sagt mir meine Nase auch. Diese Frau Dünkel macht auf mich einen ziemlich merkwürdigen Eindruck.«

»Ja, da hast du recht. Sonderlich traurig scheint sie über ihren verblichenen Gatten nicht zu sein, eher im Gegenteil. Und die hat garantiert etwas mit diesem Häusel.«

»Ich bin gespannt, was der Pathologe herausbekommt. Ich habe jedenfalls den Verdacht, daß beim Tod von Dünkel nicht alles mit rechten Dingen zugegangen ist.«

»Wir arbeiten wieder zusammen?« fragte Roswitha vorsichtig und ein bißchen hoffnungsvoll.

»Und ob, wäre doch gelacht, wenn wir den Fall nicht gemeinsam lösen, so wie früher«, meinte Steiner und gab seiner Stimme etwas Versöhnliches.

Sie telefonierten bis spät in die Nacht. Sprachen über ihre Fehler, über vergangene Zeiten und über die Zukunft. Alles kam zur Sprache, auch, daß Roswitha und Münch eine gemeinsame Wohnung teilten.

Als Steiner gegen 9 Uhr wach wurde, hatte sein Dienst längst begonnen, doch wenn er die Überstunden rechnete, die ihm noch zustanden, dann hätte er noch viele, viele Stunden schlafen können. Andererseits war es das erste Mal seit Jahren, daß er verschlafen hatte. Denn obwohl ihn das nächtliche Gespräch mit Roswitha aufgerüttelt hatte, fühlte er sich so gut wie lange nicht mehr.
Von seinem Büro rief er den Pathologen an, doch Dr. Künast war noch nicht soweit. Der zweite Anruf galt der Kripo Bonn, er verlangte Roswitha, und als er sie an der Strippe hatte, teilte er ihr einen Plan mit. »Du, Roswitha, was hältst du davon, Frau Dünkel zu beschatten? Vielleicht hat sie ihren Alten auf dem Gewissen und spielt uns eine schön Komödie vor.«

»Was sagt euer Pathologe?« fragte Roswitha.

»Noch nichts, er will sich bei mir melden, du weißt ja, wie diese Gelehrtenfritzen so sind.«

»Warum hat er denn nicht schon damals irgendetwas gefunden?«

»Vielleicht hat er gar nicht gesucht«, mutmaßte Steiner. »Die Sache mit dem Unfall schien uns klar, und es war für uns von größerem Interesse, das Opfer zu identifizieren.«

»Also, wir werden der Dünkel mal ein wenig auf die Finger gucken«, versprach Roswitha.

»Fein«, räusperte sich Steiner, »es tut gut, wenn zwei wie wir auf der gleichen Wellenlänge liegen, meinst du nicht auch?«

»Klar Gustav, wir waren immer ein gutes Team, ähm, ich meine, sind es doch immer noch, oder?«

Dies bejahte Steiner, und ein kleiner Funke der alten Leidenschaft glomm wieder auf.

Gerade hatte Steiner aufgelegt, als das Telefon klingelte und Künast seine Ergebnisse vortrug. Es stand außer Frage, daß Heribert Dünkel Eins über den Schädel bekommen hatte. Es gab keine Beweise, daß er versucht hätte, sich aus dem brennenden Wagen zu befreien, also muß er bewustlos gewesen sein. Auch gäbe es wage Anzeichen, daß ihn die Wucht einer Explosion von hinten getroffen habe. Sogar einige Kunststoffreste des Benzinkanisters habe man in der Leiche entdeckt. Es wäre also denkbar, daß es sich nicht um eine Verpuffung von Benzindämpfen, sondern um einen mutwillig zur Explosion gebrachten Benzinkanister handele.

Als Steiner auflegte, juckte seine Nase gewaltig. Plötzlich war es Mord, und er hatte zwei Verdächtige, nämlich die gute Frau Dünkel und der verschwundene Häusel.

Nachdem die Dorfbewohner mitbekommen hatten, was sich auf dem Friedhof getan hatte, machte ein Gerücht nach dem anderen die Runde, bis die Tatsachen zum Schluß so verworren waren, daß selbst Nachbar Kern nicht mehr wußte, ob nun nicht doch Herr Dünkel ermordet worden war und die liebe Frau Dünkel Teufelchen gespielt hatte. Natürlich entging es der verschworenen Dorfgemeinschaft auch nicht, als Elisabeth Dünkel mal wieder Besuch von der Kripo bekam. Jedenfalls lungerten die Bewohner der Straße wie zufällig vor dem Haus der Dünkels herum und redeten sich die Köpfe heiß.

Elisabeth war das Geschwätz der Leute einigermaßen egal. Doch als Steiner ihr eröffnete, daß Heribert Eins über den Schädel bekommen hatte, bevor er verbrannte, war sie bis ins Mark erschüttert. Bislang hatte sie sich immer eingebildet, ihr Plan hätte prima funktioniert, doch nun wurde ihr klar, daß jemand anders die Finger im Spiel hatte, und dieser Jemand mußte auch hinter dem merkwürdigen Spuk in ihrem Haus stecken. Äußerlich ließ sie sich nichts anmerken, aber sie wußte, daß sie Steiner nicht täuschen konnte. Seine Andeutungen hatten ihr bewiesen, daß er ihr auf der Spur war.

Tagelang war in ihrem Haus nichts mehr passiert. Taschenlampe und der Schraubenschlüssel lagen zwar noch griffbereit, aber sie hatte nicht damit gerechnet, sie noch einmal benutzen zu müssen. Gerade hatte sie sich mit einer etwas mulmigen Erinnerung an Steiners Besuch ins Bett gelegt, als es polterte. Das Herz schlug ihr mit einem Mal bis zum Hals. Sie zitterte, glaubte, sich nicht bewegen zu können. Schließlich zwang sie sich, aufzustehen und den Schraubenschlüssel zu ergreifen. Sie ging mit dem Rücken an der Wand entlang nach unten. Nichts war zu sehen. Alle Lampen brannten noch. Doch als sie in ihr Schlafzimmer zurückkam, fiel ihr Blick auf den Spiegel an der Kommode. Ihr Atem stockte.

**"Kleines Feuerchen gefällig ?"**

stand auf dem Spiegel geschrieben. Sie drehte sich herum und schaute geradewegs in Gerold Häusels lächelndes Gesicht.

»Gerold, ach endlich, da bist du ja. Ich habe dich so vermißt. Wo warst du denn? Alles wird jetzt gut.« Sie wollte sich in seine Arme schmiegen, doch Gerold schob sie fort.

»Meine Güte, was bist du naiv.«

»Aber Gerold, was soll das?« Elisabeth wich zurück und merkte sein böses Grinsen.

»Hast du wirklich gedacht, ich liebe dich, du alte Zicke? Ich habe, was ich wollte, jetzt bist du dran.«

In Elisabeth drehte sich alles. Ein schrecklicher Verdacht kam ihr. Gerolds Verschwinden - Heriberts Tod - die geänderte Lebensversicherung.

Panik überfiel sie, sie wollte rücklings zur Tür, doch Gerold war schneller und packte ihre Arme. »Nun rechnen wir beide ab.« Dann hatte er in Sekundenschnelle ein Klebeband parat und drückte es ihr auf den Mund. »So, schrei nur, meine Gute. Tja, ich brauchte Geld, und Sabrina hat mir dabei geholfen. Ha, ha, du bist eben dumm und eine alte Schraube obendrein. Denkst du, ich wollte so eine alte Schachtel im Bett haben? Du warst nicht schlau genug, Elisabeth, da habe ich mich selbst um deinen Alten gekümmert. Die Lebensversicherungspolice ändern, war kein Problem. Ach, da ist ja noch eine Kleinigkeit, unterschreibe doch noch deinen Abschiedsbrief, denn daß du Irre bist, das wissen ja alle hier in der Nachbarschaft, also dalli. Wie traurig, wenn die verrückte Frau Dünkel ihr eigenes Haus angezündet und dabei umgekommen ist. Keine Angst, Elisabeth, es wird natürlich wie ein Unfall aussehen - genau wie der Tod deines Alten.« Er lachte häßlich. Sie wehrte sich, konnte sich losreißen und hob die Hand mit dem Schraubenschlüssel.

Doch Gerold war schnell, er schlug ihn ihr aus der Hand. Es machte Klirr, und die Fensterscheibe war in Tausend kleine Splitter zerbrochen. Sie trat um sich, und Gerold versuchte, sie zu fassen. Die Stehlampe fiel zu Boden, Möbel wurden umgeworfen. Schließlich legte Gerold seine Hände um Elisabeths Hals und begann, zuzudrücken. Sie keuchte, ruderte hilflos mit den Armen.

»Hände hoch, Polizei! Sie sind verhaftet, Herr Häusel!«

Gerold Häusel war genau so überrascht wie Elisabeth. Mit gezückten Waffen standen die Polizeibeamten vor ihnen. Dann machte es auch schon Klick, und die Handschellen an Gerold Häusels Handgelenken rasteten ein.

»So, Herr Häusel, das wäre es dann wohl. Würden Sie bitte so freundlich sein und uns auf die Wache begleiten. Ihnen dürfte klar sein, daß wir

Ihnen nicht nur den Mord an Herrn Dünkel zur Last legen, sondern auch den versuchten Mord an Frau Dünkel.«

Elisabeth wurde von einem Polizeipsychologen betreut, den man über Funk angefordert hatte. Sie konnte es nicht fassen. Ihr Liebster hatte sie die ganze Zeit nur benutzt. Und auch wenn sie Heribert nicht auf dem Gewissen hatte, hieß es jetzt durchhalten, damit nicht doch noch ihr ursprünglicher Plan rauskam. Natürlich war sie geschockt, als sie die volle Wahrheit über Heriberts Tod erfuhr - wenn auch das Ergebnis im großen und ganzen das gleiche war. Ob Heribert an einer Verpuffung aufgrund des manipulierten Benzinkanisters oder aufgrund des von Gerold verursachten Feuers gestorben war ... tot war tot. Eine gewisse Schadenfreude überkam sie, als man ihr mitteilte, daß auch Sabrina Palm mit auf die Anklagebank mußte. Das half über die Schmach, daß *ihr* Gerold und diese Sabrina schon seit seit langem ein Verhältnis hatten, noch ehe er sich an sie herangemacht hatte. Die Änderung des Lebensversicherungsvertrages war auch unwirksam, sodaß Elisabeth nun doch noch in den Genuß der 200.000 kam, so wie es einer *armen Witwe* zustand.

Kommissar Steiners Nase hatte den richtigen Riecher gehabt. Die Mordtheorie, die er mit Roswitha diskutiert hatte, hatte sich bestätigt. Gerold Häusel hatte vor dem Haus auf Heribert Dünkel gewartet und war ihm dann in den Wald gefolgt.

Dort hatte er ihn in ein Gespräch verwickelt, nur um ihm dann mit einem Wagenheber Eins über den Schädel zu geben. Er sah den Benzinkanister auf dem Rücksitz liegen und beschloß spontan, den Wagen explodieren zu lassen. Er zündete einfach die Decke auf dem Rücksitz an und haute ab. Sein Pech, daß er das Feuerzeug auf dem Rücksitz liegen ließ, sonst wäre Steiner vielleicht gar nicht auf die Idee gekommen, daß etwas mit dem Unfall des Herrn Dünkel nicht stimmt.

Doch nun konnte sowohl die Akte Dünkel, als auch dessen Sarg geschlossen werden. Heribert Dünkel ruhte in Frieden, und Gerold Häusel saß hinter schwedischen Gardinen.

Die Bonner Rundschau brachte das Ganze natürlich groß raus:

**Der vermißte Gerold Häusel ist überraschend wieder aufgetaucht und wegen Mordes an Heribert Dünkel und versuchten Mordes an dessen Ehefrau verhaftet worden.**

Bauer Paul Öllekoven las es in der Zeitung und rief: »Du Marie, ich woss et. Do es jet passiert. Der Versicherungsfritze hät eene ömjebraat, nee, nee, wat net alles hee om Land passiert. Dat es jo schlemmer als ob de Reeperbahn.«

Marie las den Artikel genauso mit Spannung wie ihr Paul und schüttelte den Kopf. »Esu jet evver och, me senn jo he överhaupt net mie secher. Wo soll dat alles noch hinführe, dat froren ich dich.«

Für den restlichen Tag hatten sie Gesprächsstoff genug, denn Paul Öllekoven hatte als Zeuge ja den Stein in Rollen gebracht. Im Dorf war er der Held schlechthin und wurde entsprechend gefeiert.

Nachbar Kern ließ es sich nicht nehmen, die immer noch von Gerold Häusel so betrogene Elisabeth zu trösten, ohne zu merken, daß die eigentlich gar keinen Trost wollte. Aber sie ließ ihn gewähren - fürs erste jedenfalls.

(Einen neuen Benzinkanister hat sie sich auch schon angeschafft - man kann ja nie wissen .....)

**Ende**

Sophia Rey

# Der Maskenmann
## oder
## Mord am Rosenmontag

### Ein Krimi aus dem Vorgebirge

*K*arneval im Vorgebirge. Jörg und Edith sind auf dem traditionell stattfindenden Maskenball verabredet, doch Edith erscheint nicht. Am nächsten Tag erfährt Jörg, daß Edith von einem Unbekannten erwürgt wurde.

*D*ieter Wünschel, Kommissar im Revier Bornheim wittert seine Chance. Weil sein Vorgesetzter Steiner in einen anderen Fall verwickelt ist, muß er sich um den Mord an Edith Klein kümmern. Doch der Fall erweist sich als harter Brocken.

*W*as hat es mit Jörgs Kostüm auf sich? Zeugen wollen am Tatort einen Mann im Ritterkostüm gesehen haben - einem Ritterkostüm, wie es Jörg getragen hat. Und wo ist Jörgs Kostüm geblieben?

*W*ünschel muß sich im wahrsten Sinne des Wortes durch viel Müll wühlen, um Beweise zu finden. Und dann gibt es da noch seinen Vorgesetzten ...

**7,60 €**

## Sophia Rey

# Kiffer, Klunker und Kaffeetanten

## Ein Krimi aus dem Vorgebirge

Claudia René, eine kleine Autorin aus dem Vorgebirge, wird zufällig Zeugin eines Überfalls auf einen Juwelier. Plötzlich ist sie mitten in einem Kriminalfall, den sie natürlich auch für ihr neues Buch ausschlachten möchte.

Doch sie hat die Rechnung ohne die Polizei gemacht, denn weder die Bonner noch die Bornheimer Beamten sind an einer Zusammenarbeit mit ihr interessiert. Und mit Kommissar Steiner gerät sie sogar heftig aneinander.

Dann wird im Vorgebirge eine rüstige Rentnerin überfallen, und Claudia René vermutet sofort einen Zusammenhang mit dem Juwelenraub.

Zusammen mit der im prallsten Vorgebirgsplatt "kallenden" Oma Knein begibt sich Claudia René eigenhändig auf Gaunersuche.

Können sie der Polizei zuvorkommen und den Fall klären?

7,60 €

Sophia Rey

# Der Hackebeil-Mörder aus dem Vorgebirge

7,60 €

**KRIMI**

**D**oktor Assmanil, ein weithin berühmter Schönheitschirurg, frönt einem ebenso merkwürdigen wie gruseligen Hobby, denn so manche seiner Patientinnen muß unter seinen Händen ihr Leben lassen.

**A**ls im Vorgebirge mehrere Frauenleichen ohne Kopf gefunden werden, fällt der Verdacht rasch auf Assmanil, doch die Polizei hat Probleme, dem gewieften Arzt die Morde auch nachzuweisen.

**S**elbst Tricks helfen nicht weiter, denn der clevere Assmanil spielt mit allen Katz und Maus.

## Sophia Rey
# Leichenfund im Vorgebirge
### oder
## Bleiche Hand
## unter blühenden Maiglöckchen

**KRIMI**

**7.60 €**

*E*in verliebtes Pärchen macht in einem Wäldchen im Vorgebirge einen grauenhaften Fund. Zwischen blühenden Maiglöckchen ragt eine bleiche Hand aus dem Moos und erschreckt die beiden zu Tode.

*R*oswitha Schulze, Hauptkommissarin vom Revier in Bornheim, ihre Kollegen Steiner und Wolber sowie die Mordkommission in Bonn haben alle Hände voll zu tun, den verzwickten Fall zu klären. Eine heiße Spur führt sogar nach Frankfurt - doch die Beamten beißen sich die Zähne aus. Werden sie den Fall lösen können?

## Sophia Rey
# Der perfekte Mord
## Ein Krimi aus dem Vorgebirge

**7.60 €**

Elisabeth Dünkel hat es satt und beschließt: Ihr Mann muß weg. Ein Plan ist rasch gefaßt - und er funktioniert sogar. Doch sie kann die neugewonnene Freiheit nicht genießen, denn es geschehen nicht nur merkwürdige Dinge, auch ihr Liebhaber Gerold ist von der Bildfläche verschwunden.

Vielleicht liegt es an dem Streit mit Roswitha, seiner Partnerin, daß Kommissar Steiner diesmal nicht den rechten Durchblick hat und erst spät erkennt, daß der vermeintliche Unfall des Herrn Dünkel gar keiner ist und auch der als vermißt geltende Gerold irgendwie mit der Sache zu tun hat.

Kann Elisabeth Dünkel trotz der polizeilichen Ermittlungen ihren Kopf aus der Schlinge ziehen?

Die Kurzgeschichten der Sechtemer Autorin
# Sophia Rey

## Zoff im Hoff
und andere Geschichten aus dem Vorgebirge

**Band 4**

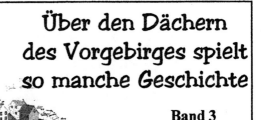

Über den Dächern des Vorgebirges spielt so manche Geschichte

**Band 3**

## Der Feuerteufel
und andere Geschichten

**Band 1**

## Der Lottogewinn
und andere Geschichten, die das Leben

**Band 2**

Ladenpreis je 7.60 €